中國經典名著系列

三國演義

羅貫中　原著

U0114704

園丁文化

前言

讓孩子擁有大智慧的
成長必讀書

　　研究表明，人在 13 歲之前記憶力最好，通過背誦或閱讀的文字，都會在腦海留下深刻的印象。在此時多閱讀優秀作品，充分發揮記憶力特長，從書中汲取營養，不僅對身心健康和智力發展大有裨益，而且會使人受益終生。

　　《中國經典名著系列》囊括中國古典四大名著《三國演義》、《水滸傳》、《西遊記》和《紅樓夢》。這些經典作品是中華民族寶貴的文化遺產，承載了華夏五千年文明的精髓，滋養了一代又一代少年兒童的精神世界。

　　《三國演義》描寫了從東漢末年到西晉初年之間近百年的歷史風雲。跌宕起伏的故事情節、悲壯恢宏的戰爭場景，讀來讓人驚心動魄，拍案叫絕。《水滸傳》裏，一百零八位好漢行俠江湖，劫富濟貧，除暴安良，他們懲惡揚善、精彩絕倫的英雄事跡讓人看了

拍手稱快，津津樂道。《西遊記》通過大膽豐富的藝術想像，創造了一個神奇絢麗的神話世界，成功地塑造了孫悟空這個超凡入聖的理想化英雄形象，曲折地反映出世態人情和世俗情懷，表現了鮮活的人間智慧。《紅樓夢》以賈、史、王、薛四大家族為背景，以賈寶玉與林黛玉的愛情悲劇為主線，展現了廣闊的社會現實生活，寫盡了多姿多彩的世態人情。

　　一個個栩栩如生的人物形象，一段段扣人心弦的故事情節，讓人讀來心潮澎湃，手難釋卷。在細細品讀的過程中，孩子們可以盡情領略古典名著的精華，激發生活的熱情和激情，開闊眼界和胸襟，變得更博學、更聰明、更智慧……

　　一起翻開此書，走進精彩奇幻的經典文學世界吧！

目錄

第一回
宴桃園豪傑結義

東漢末年，漢靈帝劉宏昏庸無能，寵信宦官，朝中官員爭權奪利，貪贓枉法。朝政**日益腐敗**，使得天下**人心惶惶**、百姓生活困苦。

河北巨鹿人張角趁機把對朝廷不滿的老百姓組織起來，成立「黃巾軍」，準備發動起義推翻朝廷。朝廷得知消息後，急忙調兵遣將，命令地方官加強兵力，鎮壓起義軍。

幽州太守劉焉接到詔書後，立即張榜招

兵。這天，一個叫劉備的人正在市集賣草鞋，看到榜文長歎了一聲。背後有人厲聲喝道：「大丈夫不為國家出力，歎什麼氣！」

劉備回過頭去，看見一個漢子，長得**虎背熊腰**，眼似銅鈴，滿臉絡腮鬍子。

劉備告訴他：「我是漢室宗親，姓劉，名備，字玄德。眼下黃巾軍作亂，我有心報效國

家，無奈力量不足，因此歎氣。」

那人說：「我姓張，名飛，字翼德。以賣酒殺豬為生，一心想幹一番大事。」兩人談得十分**投緣**，便一起來到酒家，一邊喝酒，一邊商量如何報效國家。

兩人正喝得高興，一個紅臉大漢從門外進來，邊走邊喊：「快倒酒來，我等着進城投軍。」只見他臉紅如棗，丹鳳眼，臥蠶眉，長鬍鬚，長得**威風凜凜**、相貌堂堂。劉備上前邀他同坐，問他姓名。

紅臉大漢說：「我姓關，名羽，字雲長。聽說這裏招兵，我特來投軍。」劉備將他們的打算告訴關羽，三人聊得十分投契。

張飛高興地提議：「我家有一座**桃園**，花開正盛。不如明天我們三人一起到園裏祭告天地，結為兄弟，齊心協力去成就大事。」劉備和關羽都點頭稱好。

第二天，三人在園中備下祭品，點上香，一齊跪拜立誓，結為兄弟。劉備年紀最大，當了大哥，關羽是二弟，張飛

是三弟。三人祭拜完畢，在桃園殺牛宰羊，大擺筵席，招募鄉中勇士，**頃刻間**聚集了幾百人，準備一起投軍。

有位販馬的大客商路過，聽說劉備等人要去平亂安民，特地送給他們五十匹好馬，還有五百兩金銀和一千斤鑌鐵，以供軍需。

兄弟三人很高興，請來工匠打造兵器。劉備打造的是雙股劍，關羽打了一把青龍偃月刀，張飛打了一枝丈八蛇矛。他們還分別置辦了護身的鎧甲。

一切準備就緒，三人便率領幾百名勇士去投奔太守劉焉。

此後，劉備和關羽、張飛三人率領兵馬多次與黃巾軍交手，都**大勝而回**。由於立下戰功頗多，劉備先後被任命為安喜縣縣尉、平原縣縣令。就這樣，劉備帶着張飛和關羽整頓兵馬，積存錢糧，力量逐漸壯大起來。

第二回
謀董卓曹操獻刀

　　黃巾起義被鎮壓後，漢靈帝病逝，朝廷內部互相傾軋，開始了**權力之爭**。

　　西涼刺史董卓乘機率兵進京。他廢掉劉辯，立九歲的劉協為漢獻帝，自封為相國，掌握了朝政大權。董卓為人十分**殘暴**，他的義子呂布是一員猛將，朝中大臣若有不從的，董卓就讓呂布將他殺死。董卓還縱容部下殘殺百姓，掠奪財物。

一天，任職司徒的王允過生日，宴請平時交好的幾位大臣。喝酒時，大臣們說起董卓篡奪皇權、殘害忠臣的惡行，難過得痛哭起來。王允憂傷地說：「董卓這麼殘暴，漢朝的天下恐怕要亡在他的手裏了。」

　　這時卻有一人拍手大笑起來，原來是驍騎校尉曹操。曹操，字孟德，身長七尺，細眼睛，白淨面龐，沛國譙郡人。

　　大臣們見曹操大笑，都十分生氣。

　　曹操卻說：「滿朝大臣聚在一起痛哭，就能哭死董卓嗎？我不笑別的，是笑諸位想不出辦法去殺董卓。如果王司徒肯借寶刀給我，我願意去刺殺董卓。」王允很高興，親自斟酒為曹操壯行，還帶曹操去密室拿了寶刀。

　　第二天，曹操帶着寶刀，來到相府拜見董卓。董卓正坐在牀上，呂布威風凜凜地站在一旁。曹操自知不是呂布的對手，心裏頓時涼了半截。董卓向來把曹操當作**心腹**，毫無防備之心，還叫呂布去挑一匹西涼好馬送給他。

　　曹操見呂布走開，便想拔刀刺殺董卓，但又怕董卓反抗，不敢**輕舉妄動**。過了一會兒，董卓覺得累了，便背向曹操面朝裏在牀上躺下休息。曹操認為機會來了，迅速拔出寶刀，準備刺向董卓。不料，董卓從牀上的穿衣鏡中看見了他的舉動，急忙翻身坐起，呵斥道：「你要幹什麼？」這時，呂布正好牽馬到了門外。

　　曹操**急中生智**，連忙跪在地上，恭敬地舉起寶刀，説：「我有一把寶刀，特意帶來敬獻給你。」董卓接過刀一看，刀身精緻，刀刃極為鋒利，刀柄上還鑲着珠寶，果然是一把寶

刀，便高興地收下了。

　　曹操擔心董卓回過神來後會**識破**他的謊言，便藉故要試試呂布為他選的馬，騎上馬飛奔着離開相府。

　　董卓見曹操一去不回，又想起剛才在鏡子裏看到他抽刀的情形，斷定曹操是想刺殺他，於是傳令下去，懸賞捉拿曹操。

　　這時，曹操早已出了城門，往家鄉方向策馬飛奔而去。

第三回
關羽溫酒斬華雄

曹操逃回家鄉後，尋求謀士，招募士兵，並號召各地諸侯討伐董卓。諸侯們紛紛**響應**，很快組成了一支盟軍，大家推舉渤海太守袁紹為盟主。

劉備、關羽和張飛也離開平原縣，跟隨北平太守公孫瓚加入到盟軍的隊伍中。

袁紹命長沙太守孫堅為先鋒，派他攻打洛陽外圍的重鎮汜水關（汜，粵音似）。

　　董卓得知後，派大將
華雄去守關。華雄的部
將李肅獻計說：「今晚請
讓我帶一隊人馬從小路出關，
偷襲孫堅的營寨，一定能大敗敵軍。」

　　華雄採取了李肅計策，只一戰就將孫堅打
得丟盔棄甲、軍心大亂。

　　首次交戰失利，使袁紹**心神不寧**，他連
忙召集眾諸侯商議對策。

　　這時，探子來報說華雄在陣前挑戰。袁紹

派猛將俞涉前去應戰，不到三個回合就被華雄
斬了。袁紹又命上將潘鳳出戰，沒過多久也被
砍下了馬。

接連損失兩員大將，眾諸侯**大驚失色**。
袁紹歎息說：「可惜顏良和文醜還沒來到。如
果有他們其中一人在這裏，還怕什麼華雄！」

袁紹的話音剛落，就有一人高聲叫道：「我
願奉命去斬華雄首級，獻於帳下！」

袁紹見此人十分**英武**，便問是什麼人。

公孫瓚說：「他是劉備的二弟關羽，現任弓馬手。」袁紹的弟弟袁術聽了，大聲呵斥道：「小小弓馬手，竟敢口出狂言，快給我打出去！」

曹操急忙攔住，說：「這人既然敢說大話，想必武藝不凡，不妨讓他去試試。如果打不過，再治他的罪也不遲。」袁紹說：「叫一個弓馬手出戰，肯定會被華雄恥笑。」曹操說：「他長得儀表堂堂，華雄不會看出他只是個弓馬手。」袁紹覺得有理，便同意了。

曹操趕緊斟上一杯熱酒，請關羽喝完才上馬出戰。關羽說：「酒先放着，等我殺了華雄，回來再喝。」說完，便提刀出帳，飛身上馬。

　　諸侯們在帳內只聽見外邊鼓聲如雷，殺聲震天，如地動山搖一般。袁紹正想派人去探聽，只見關羽已走進營帳，將華雄的人頭扔在地上，拿起剛才的酒一飲而盡。這時，杯中的酒還有餘熱呢！

　　從此，諸侯們都對關羽**刮目相看**，十分佩服他的勇武。

第四回
虎牢三英戰呂布

　　董卓聽說大將華雄被殺，十分**惱怒**，親率二十萬兵馬，分兩路進攻盟軍。他派部將李傕、郭汜領兵五萬，把守汜水關；自己和呂布領兵十五萬，到洛陽城外的虎牢關把守。

　　袁紹得知董卓大軍駐紮在虎牢關，便派公孫瓚、孔融、王匡（粵音康）、張楊等八路諸侯前去迎敵，曹操帶領兵馬接應。

　　河內太守王匡最先到達虎牢關。他剛安下

營寨，呂布就帶領三千精銳騎兵前來叫陣，王匡趕緊領兵出寨迎敵。

兩軍對陣，只見呂布頭戴紫金冠，身穿百花袍，手持畫戟，騎着千里**赤兔馬**，威風凜凜地站在門旗下。

王匡派河內名將方悅出戰。方悅與呂布交戰還不到五個回合，就被呂布刺死在馬下。呂布乘勢率軍朝王匡的陣營衝殺過去。

就在這危急時刻，喬瑁、袁遺兩軍同時趕到，支援王匡。呂布見**敵眾我寡**，便撤退了。

盟軍各路軍馬到齊後，眾諸侯一起商議，都認為呂布**銳不可當**、天下無敵。正無計可施時，探子忽然來報，說呂布又來挑戰。

　　張楊的部將穆順挺槍迎戰呂布，兩馬相交，才十個回合，穆順便被呂布一戟刺下馬。

　　接着，孔融的部將武安國手持鐵錘迎戰呂布，卻被呂布砍斷了一隻手。公孫瓚大怒，親自出戰，但很快也**敗下陣**來，拍馬而逃。呂布騎着赤兔馬緊追不捨，舉戟就要往公孫瓚後背刺去……

此時，只見旁邊閃出一人，手握丈八蛇矛，大叫：「燕人張飛在此！」

呂布只好放過公孫瓚，迎戰張飛。張飛**抖擻精神**，和呂布戰了五十多個回合，不分勝負。

關羽見張飛贏不了呂布，把馬一拍，舞動青龍偃月刀上前助陣。三人排成「丁」字形，往來廝殺。劉備見關羽和張飛戰了三十回合，仍勝不了呂布，就抽出雙股劍，也飛馬向呂布殺來。

三人圍住呂布，像走馬燈似的廝殺在一起。

各路諸侯都看呆了。

漸漸地，呂布招架不住，向劉備虛刺一戟，趁他躲閃之際，騎着赤兔馬衝出了三人的包圍圈。劉備、關羽和張飛見呂布逃跑，忙拍馬緊緊追趕。

八路諸侯大軍趁勢一起追殺過去，呂布手

下的兵馬抵擋不住，四散逃命。最後，呂布帶著殘敗兵馬逃進了虎牢關。

八路諸侯得勝回營，大家一起擺酒設宴，給劉備、關羽和張飛慶功，並派人去給盟主袁紹**報捷**。

第五回
美貂蟬離間殺卓

　　董卓戰敗後，見盟軍來勢洶洶，料想洛陽城已**朝不保夕**。為了防止漢獻帝和百官落入盟軍手中，導致自己地位不保，董卓捨棄洛陽城，遷都長安。

　　盟軍的各路諸侯一起追趕董卓，可由於大家各懷心思，軍心不穩，反而被董卓打得落花流水，只好各自散去。

　　從此，董卓更加**肆無忌憚**，不僅到處搜

刮財物，還對百姓使用種種酷刑。

　　任職司徒的王允一直想除掉董卓，無奈大臣都十分懼怕董卓的驕橫和呂布的勇猛，不敢反抗。

　　王允想到自己家中有個叫貂蟬的歌女，長得貌美如花，而且心思細密，就決定用**美人計**離間董卓和呂布，然後一舉除掉他們。

　　這天，王允把貂蟬叫來，恭恭敬敬地向她行禮，說：「今天我有事想求你幫忙。」

　　貂蟬見這情景，趕緊跪下說：「我從小由你收養，能為你分擔憂

愁，就算**粉身碎骨**也心甘情願。」

王允語重心長地說：「朝廷奸賊董卓想要篡位，他有個乾兒子，名叫呂布，驍勇異常。我想讓你在他們中間巧妙行事，離間他們，然後找機會一舉除掉他們，不知你願不願意？」貂蟬**毫不猶豫**地答應了。

第二天，王允就開始實施這美人計了。

他把呂布請到府中，讓貂蟬出來跳舞助

興。呂布見貂蟬
長得如此美貌動人，
非常喜歡。王允便趁機說：「若將軍喜歡，改
日我便將她送予你。」

　　過了幾天，董卓來到王府，王允又讓貂
蟬在董卓面前表演歌舞。董卓見到貂蟬，也被
她的美貌迷住了。王允馬上許諾把貂蟬送給董
卓，並讓她隨董卓回家。

　　呂布得知消息後，**怒氣沖沖**地趕來質問
王允。

　　王允裝作無奈的樣子，歎了一口氣，說：
「董太師親自到我家把貂蟬要去了，我哪敢阻

止？」呂布聽了，便開始對董卓**心生怨氣**。

　　為了加劇董卓和呂布之間的矛盾，貂蟬趁呂布來丞相府時，約他在府中的鳳儀亭見面，向他哭訴自己被董卓霸佔的痛苦。

　　看到貂蟬**楚楚可憐**的樣子，呂布便抱着她耐心安慰。這情景恰好被趕回府中的董卓看見。

　　董卓怒氣沖天，舉戟刺向呂布。呂布連忙閃開，又氣又恨地逃跑了。

　　貂蟬哭着告訴董卓：「那呂布十分無禮，

竟然調戲我。」董卓自此對呂布有了成見。

呂布找到王允，恨恨地說：「不殺董卓老賊，難平我心頭之恨！」王允便和他謀劃了一個刺殺董卓的計策。

兩天後，王允派人給董卓送信，信中說請董卓到皇宮登基當皇帝。董卓信以為真，高興地來到皇宮，不料被呂布一戟刺破喉嚨，丟了性命。

第六回
青梅煮酒論英雄

　　董卓一死，曹操便趁機擴充自己的勢力，當上了漢朝的丞相。他還把都城遷到自己的老家許昌，**挾天子以令諸侯**。

　　劉備見曹操勢力強大，只好暫時依附於他。為了防止曹操識破自己的雄心壯志，他就在自家後園種起菜來，天天忙着施肥、除草，裝出一副對國家大事漠不關心的樣子。

　　關羽、張飛見了，問：「哥哥怎麼不關心

天下大事，卻來幹這種粗活？」劉備說：「我的心思你們還不懂。」兩人聞言，便不再問了。

一天，曹操派人來請劉備，關羽、張飛正好不在。劉備無奈，只好**提心吊膽**地來到丞相府。

曹操拉着劉備的手來到後園，說：「聽說你最近在學種菜，實在不易啊！」劉備聽了這話，忙說：「我學種菜是無事消遣而已。」

曹操說：「今日看見枝頭上的青梅長得頗好，特地請你過來嘗嘗。」劉備這才放下心來。

他們來到一個小亭子，一邊飲酒、吃青梅，

一邊聊天。兩人喝得半醉的時候，天空忽然烏雲密布，彷彿有龍在雲端起舞。兩人便走到欄杆旁觀看。

曹操說：「玄德，你知道龍的變化嗎？牠能屈能伸，就像世間的英雄一樣。你走遍四方，一定知道當今的英雄是誰吧？」

劉備故意裝傻，表示自己不知道，無奈曹操非逼着他說。

劉備便說：「淮南袁術兵多糧足，是個英雄吧？」

曹操笑着說：「袁術好像墳墓中的枯骨，早晚會被我活捉。」

劉備說：「河北袁紹出身名門，部下能人眾多，可算英雄吧？」

曹操笑笑，說：「袁紹**優柔寡斷**，貪圖小利，算不上英雄。」

劉備想了想，說：「荊州劉表、江東孫策、益州劉璋，他們算是英雄吧？」

但曹操認為這些人都算不上英雄。

劉備**苦笑**着說：「那我實在不知道還有誰算得上是英雄了。」

曹操拍手大笑，先用手指了指劉備，然後又指了指自己，說：「當今天下能稱得上英雄的，只不過你和我二人而已！」

劉備聽了這話，心中一**震**，手中的筷子不由自主地掉落到地上。

這時恰好響起一聲驚雷，他忙彎下腰，拾起筷子，說：「好大的雷聲，把我嚇得筷子都掉了。」

曹操笑着問：「男子漢大丈夫也怕雷嗎？」

「孔夫子遇到迅雷暴風，神色都會改變，何況我呢？」劉備用一句話，就把掉落筷子的原因很好地**掩飾**過去，曹操聽了並沒懷疑。

過了一會兒，雨停了，關羽和張飛闖進園中。

他們怕曹操謀害劉備，所以匆匆趕過來。

關羽對曹操說：「我聽說丞相和大哥在這裏飲酒，特地趕來舞劍助興。」

曹操笑着說：「我設的又不是**鴻門宴**，哪裏需要項莊、項伯呢？」劉備也笑了笑。

喝完酒，劉備辭別曹操，與關羽、張飛一起回去了。

劉備想盡早**擺脫**曹操的控制，就藉口對付袁術，領了五萬兵馬去了徐州。

不久，袁術經過徐州，被劉備擊敗。劉備派人回許昌向曹操報捷，自己則領着大隊人馬在徐州駐紮下來。

第七回
身在曹營心在漢

　　此時的天下**四分五裂**，各路諸侯為了爭奪地盤，經常互相攻打。呂布與曹操交戰，在徐州的白門樓上被曹軍殺死。

　　在許昌，被曹操控制的漢獻帝不甘心過**傀儡生活**，寫了一封密信給車騎將軍董承，要他設法除掉曹操。於是，董承暗中與劉備結盟，計劃尋找機會殺死曹操。曹操得到消息，殺了董承全家，隨後率二十萬大軍攻打劉備駐守的

徐州。沒多久，徐州城被攻破，劉備落荒而逃，往冀州投奔袁紹去了。張飛與劉備**失散**後，帶着幾個隨從上芒碭山避難。關羽帶着劉備的家眷，被曹軍圍困在下邳城附近的土山上。為了保護劉備的家人，關羽只好向曹操投降。

但關羽與曹操有個約定：「只要我哪天找到大哥，就馬上離去，請丞相不要為難我。」曹操敬重關羽為人**仗義**，就答應了。

為了收買關羽的心，曹操時常宴請他，還送給他十個美女。關羽

把她們都安排給嫂嫂做婢女。曹操知道後，越來越敬重關羽的為人。

一天，曹操見關羽穿的錦戰袍舊了，就按照他的身材，叫人用上等錦緞做了一件新的戰袍送去。關羽收下後，將新袍穿在裏邊，舊袍罩在外邊。曹操笑着問：「你何必如此節儉？」關羽說：「舊袍是大哥送給我的，我不能因為有了你送的新袍，就忘了大哥。」曹操聽了，嘴上稱讚他**重義氣**，心裏卻有些不高興。

過了幾天，曹操又把呂布的赤兔馬送給關羽。關羽連忙拜謝，說：「有了這匹千里馬，

如果打聽到大哥的下落，當天就能見面了。」
曹操聽了不免**後悔**。

　　不久，袁紹、劉備率軍攻打曹操。袁紹的大將顏良武藝非凡，連殺了曹操兩員大將，讓曹操煩惱不已。謀士程昱向他提議：「聽説劉備投靠了袁紹，你讓關羽去殺顏良，袁紹知道後定會去殺劉備。」

　　於是，曹操派關羽上陣迎敵。關羽功夫果然了得，一上陣便把顏良砍下馬來。曹操乘勢出擊，大敗袁軍。

　　袁紹聽說關羽殺了顏良，非常惱怒，要殺
掉劉備。劉備鎮定地說：「你別中了曹操的**借
刀殺人**之計。」袁紹是個沒主見的人，聽了這
話覺得也有道理，便放了劉備。

　　袁紹又派大將文醜前去迎戰，不到三個回
合也被關羽一刀斬落馬下。

　　此戰曹軍大勝，曹操十分高興，就奏請朝
廷封關羽為壽亭侯，並賜給他金印。可是關羽
並不為曹操的器重所動，一心只想儘快回到劉
備身邊。

第八回
關羽五關斬六將

　　關羽打聽到劉備在袁紹那裏，就馬上收拾行囊，準備去找劉備。他想當面辭別曹操，可曹操不肯見他。他只好留下一封辭別信，率領隨從，護送着劉備的家眷從許昌北門出發。

　　曹操知道後，帶着諸將趕來送行，又送給關羽一件戰袍。關羽怕有變卦，便用青龍刀挑過戰袍，謝過曹操，毅然走了。曹操**歎息不已**。

　　關羽率眾人來到東嶺關前，曹軍的守關將領孔秀要關羽出示通行令書才肯放行。關羽因為走得匆忙，忘記向曹操索要。孔秀不見令書，拒絕放行。

　　關羽**大怒**，舉刀拍馬，只一回合就將孔秀劈下馬來。他們過了東嶺關，向洛陽進發。

　　臨近洛陽，守將孟坦掄起雙刀上來阻攔，結果也被關羽快刀砍死。此時，躲在城門後的洛陽太守韓福放出一箭，射中了關羽

的左臂。關羽拔出箭，忍住傷痛，策馬過去，一刀砍死了韓福，殺散眾軍士，**連夜**奔向汜水關。

汜水關守將卞喜（卞，粵音辯）在鎮國寺中埋伏了刀斧手，準備把關羽引到寺中殺害。寺中有個和尚與關羽是同鄉，把這件事告訴了關羽。卞喜還沒下手，就被關羽砍死了。

到了滎陽，太守王植假裝迎接關羽，暗中

卻安排部下胡班半夜放火，想燒死關羽。胡班敬重關羽是個**英雄**，便把王植的計謀告訴了他。關羽立即讓隨從收拾行李，連夜護送劉備的家眷出城。

走了六七里地，關羽等人看見王植帶着兵馬拿着火把從後面追來，便返身迎戰，將王植一刀砍死。

到了黃河渡口，關羽又殺死了守關大將秦琪。曹操的大將夏侯惇聽說

關羽連續**過五關斬六將**，又氣又急，連忙領兵追上關羽，正要廝殺，忽見張遼飛馬趕到，傳來曹操的命令：放關羽過關。夏侯惇只好帶着人馬原路撤回。

過了黃河就是袁紹的地界。關羽在臥牛山遇到慕名來投靠他的猛士周倉。又走了幾天，他們在古城外

巧遇張飛。兄弟重逢，**百感交集**。

　　劉備得知消息後，巧妙逃脫袁紹的控制，趕往古城與關羽、張飛會合。途中，他收下了身長八尺、濃眉大眼、威風凜凜的猛將——趙雲。到了古城，劉備見到結拜兄弟，又新得了趙雲、周倉等人，滿心歡喜。他們殺豬宰羊，犒勞三軍，**歡慶團聚**。

　　不久，劉備和眾將率幾千人馬駐紮汝南，招兵買馬，準備攻打曹操。

第九回
曹操袁紹戰官渡

　　袁紹得知劉備在汝南招兵買馬，十分生氣，想起兵討伐劉備。他手下的謀士勸阻道：「萬萬不可。劉備**不足為慮**，我們目前要對付的是曹操。」袁紹覺得有道理。

　　袁紹和曹操是當時天下勢力最大的兩個諸侯，為了爭奪地盤，遲早會**兵戎相見**。

　　為了消滅曹操，袁紹率七十萬大軍在官渡大戰曹軍，雙方打打停停，持續了兩個多月。

　　曹操見軍中糧草快要耗盡，忙派人去許昌送信，叫荀彧想辦法籌集糧草，趕快運來。

　　誰知，送信人被袁軍捉住，押去見袁紹的謀士許攸（粵音由）。

　　許攸把信交給袁紹，並提議說：「曹操主力被我軍困在官渡，目前許昌空虛，而曹軍主力缺乏糧草，正是我們進攻的好機會。如果我們**兵分兩路**襲擊官渡和許昌，曹操就跑不掉了。」

袁紹顧慮許攸年輕時和曹操是好朋友，不太相信他的話，懷疑是曹操的**誘敵之計**。

　　正在這時，有人誣告許攸濫收財物。袁紹大怒，痛罵許攸：「你一定是收了曹操的錢財來我這兒給他當**奸細**。快滾出去，別讓我再見到你！」許攸十分失望，一怒之下就去了投奔曹操。

　　曹操剛脫了衣服休息，聽說許攸來了，高興得連鞋子也來不及穿，**光着腳**就跑出來迎

接。曹操把許攸擁進營帳，跪地向許攸行大禮以示尊重。

　　許攸十分感動，向曹操**獻計**說：「袁紹的大批糧草都堆放在烏巢，你若派人冒充袁軍去燒掉他的糧庫，袁軍必定不戰自亂。」曹操聽了十分歡喜，熱情款待許攸，把他留在自己寨中。

　　第二天，曹操親自挑選了五千精兵，打着袁軍的旗號，向烏巢進發。他們路過袁軍的營

寨時，自稱是袁紹派來保護軍糧的兵馬，一路
暢通無阻。

等曹軍到了烏巢，已是後半夜。曹操叫士
兵燃起火把，擂響戰鼓，衝進營寨**焚燒**糧草。

霎時間，烏巢火光四起，濃煙滾滾。袁軍
哭喊着四散逃命，死傷不計其數。

袁軍得知糧草庫被毀，人心惶惶。這時，
曹操率大隊人馬衝殺過來，袁軍哪裏還有心思
抵擋，紛紛奪路逃跑。袁紹慌張得連盔甲都來

不及拿，只穿着一件單衣就匆忙跳上馬背，倉皇逃命了。

這一仗，袁軍損失了七萬多人，掉進黃河淹死的不計其數。

曹軍**乘勝追擊**，袁紹一路逃回河北老巢，不久就病死了。

袁紹的三個兒子為了爭權，自相殘殺。曹操乘機將他們一一剿滅，為統一北方奠定了堅實的基礎。

第十回
劉備三請諸葛亮

　　劉備趁曹操和袁紹大戰時，領兵偷襲許昌。曹操得到了消息，暗中調集兵力，殺了個回馬槍，打敗了劉備。劉備只好帶着殘敗兵馬去荊州**投靠**劉表。劉表熱情地接待他，並讓他駐紮在襄陽轄區內的新野縣。劉備到了新野，立即**招兵買馬**，補充實力。

　　不久，曹操派大將曹仁、李典等率三萬兵馬進駐樊城，準備攻打荊州和襄陽。

劉備採用謀士徐庶的計策，趁曹仁、李典半夜出兵襲擊自己時，派關羽領兵一舉攻下了樊城。

　　曹操非常惱怒，抓走了徐庶的母親，逼迫徐庶離開劉備。

　　臨別前，徐庶對劉備說：「主公，我向你推薦一個人，他姓諸葛，名亮，字孔明，自號『卧龍先生』。他的才能勝過我十倍。主公如果能得到他的

輔助，不愁平定不了天下。」聽了這番話，劉備精神大振。

第二天，劉備和關羽、張飛便帶着禮物去請諸葛亮。走了三四里路，看見一片幽靜的樹林，林子旁有個草房子。劉備親自上前敲門。開門的小童説：「諸葛先生一早就出門了，不知何時回來。」劉備很失望，只好帶着關羽和張飛回去了。

　　劉備天天派人打聽諸葛亮的消息。
一天，派去的人報告說諸葛亮回來了。
劉備立即讓人備馬。他又和關羽、張飛三人
趕到諸葛亮的住處，看到一位年輕人正在**聚精
會神**地讀書，便上前行禮。

　　年輕人抬頭起身說：「我是諸葛均，諸葛
亮是我二哥，他今天外出了。我大哥叫諸葛瑾，
在江東孫權那裏做官。」劉備便給諸葛亮寫了
一封情真意切的信，請諸葛均代為轉交。

　　過了幾天，劉備準備第三次拜訪諸葛亮。
關羽說：「這人怕是**徒有虛名**，不見也罷。」
一旁的張飛說：「不需要勞駕大哥親自去請，

我帶上一條麻繩直接把他捆綁過來！」劉備把兩人訓斥了一番，堅持上路。到了諸葛亮家，小童說諸葛亮正在睡覺。劉備和關羽、張飛便站在門外等他醒來。

　　過了一個多時辰，諸葛亮終於睡醒了，劉備忙上前行禮求教。諸葛亮被劉備**三顧茅廬**的誠意感動了，於是和他暢談天下大事。

　　諸葛亮對劉備說：「西川有五十四州。

將軍可先拿下荊州立足，然後奪取西川建立大業，這就可以和曹操、孫權三分天下了。」

劉備聽完後信心倍增，向諸葛亮再三拜謝，並懇請他出山幫助自己。諸葛亮又婉言推辭。劉備傷心地說：「先生不答應我，天下的百姓怎麼辦啊！」說完，流下眼淚，把衣襟和袍袖都沾濕了。諸葛亮被劉備的誠意深深感動了，答應**輔佐**他，於是隨他去新野。

第十一回
張飛威震長坂橋

　　諸葛亮到了新野後，協助劉備接連打了好幾場勝仗。劉備的軍隊士氣大振，將士們都十分敬佩諸葛亮。曹軍接連失敗，曹操又氣又惱，於是親自率領五十萬大軍奔向新野，攻打劉備。

　　曹操大軍殺來，劉備自知兵力不足，不能與曹軍硬拼，便率領軍民先行撤退，讓張飛負責斷後。

士兵們護送着老百姓離開新野，奔向襄陽。可這時荊州太守劉表已死，他的兒子劉琮接任後向曹操投降，因此拒絕讓劉備進入襄陽。

　　劉備**無奈**，只好帶着眾人繞城而走，向江陵轉移，途中被曹操大軍追上。劉備的隊伍被衝散，趙雲抱着劉備兩歲的兒子阿斗（劉禪）奮勇廝殺，衝出重圍，往長坂橋逃去。

　　快到橋邊，只聽喊聲震天，原來是曹軍追

上來了。這時，趙雲已**人困馬乏**，幸好張飛趕來接應。趙雲讓張飛抵擋曹軍，自己護送阿斗先走。

曹軍追到長坂橋邊，只見張飛手執長矛、**橫眉怒目**地立馬橋上，又見橋東的樹林裏塵土飛揚，怕中埋伏，都不敢往前衝，只是在橋西擺好陣勢，派人去報告曹操。

曹操接到消息，急忙騎馬趕來。張飛大聲喝道：「我是燕人張翼德！誰敢和我決一死戰？」這一聲吼叫如**雷鳴**一般，嚇得曹軍的士兵兩腿發抖。

曹操見張飛如此勇猛，就下令退兵。張飛見狀，瞪大眼睛，一抖手中的長矛，又大吼一聲：「誰來和我鬥三百個回合？」

喊聲剛落，只見曹操身邊的戰將夏侯傑嚇得肝膽碎裂，一頭栽下馬來。曹操見了，更加**驚慌**，連忙騎上馬往回跑，慌亂之中連帽子都掉了。一時間，曹軍就像決了堤的洪水，向西

潰退，士兵們丟槍棄刀，自相踐踏，死傷無數。

　　等曹操定下神，叫張遼、許褚再去長坂橋打探，發現橋已被拆了。他這才猜出劉備兵力不足，想用此計爭取時間逃跑。於是，他下令立刻搭橋過河追趕劉備。

　　曹軍終於在江邊追上劉備。劉備忙叫張飛、趙雲迎戰。這時，關羽帶着一隊人馬從山坡後衝出來。曹操一見是關羽，連忙勒住馬，

驚叫道：「又中諸葛亮的奸計了！」慌忙下令退兵。原來是諸葛亮預先安排關羽在這裏接應劉備。

關羽保護劉備上了諸葛亮為他們準備好的戰船，一同前往江夏。劉備**逃過一劫**，在江夏訓練士兵，整頓戰船，準備與曹操再戰高下。

第十二回

諸葛亮舌戰羣儒

　　孫權聽説曹操奪了荊州，料想他的下一個
目標就是自己掌控的東吳，心中很不安。大臣
魯肅主動請求去江夏説服劉備與東吳合作，共
同抵抗曹軍。

　　魯肅到了江夏，説明**利害關係**，並再三
請求合作。於是，劉備讓諸葛亮去見孫權。諸
葛亮到達東吳時，孫權正在和文武官員商議這
件事。孫權説：「曹操寫信來，想讓東吳配合

曹軍攻打劉備，事成後兩家共分天下。各位怎麼看？」很多謀士都贊同與曹操聯盟，孫權猶豫不決。魯肅對孫權說：「將軍絕不能與曹操聯盟。我已請諸葛亮來商討共同對抗曹操的策略。」

第二天，魯肅帶着諸葛亮來見孫權和張昭、顧雍等二十餘名文武官員。眾人知道諸葛亮是來做說客的，便想好好刁難他一番。張昭帶頭挑釁：「我聽說

先生是位奇才，為什麼荊州、襄陽卻落在曹操手中？」

　　諸葛亮面色**從容**地說：「奪取荊州、襄陽易如反掌。我主公另有打算，這不是一般人能猜想到的。」

　　張昭說：「先生把自己比作管仲、樂毅，但劉備在沒有你的幫助之前，還能東征西討，奪州佔縣；現在得到你的幫助後，為什麼反而連個**容身**的地方都沒有了啊？」

　　諸葛亮聽了，笑笑說：「劉皇叔投靠劉表時，只有一千士兵，將領也只有關羽、張飛和趙雲。新野是個小縣城，糧食不多，城牆也不堅固。在這種情況下，卻能火燒夏侯惇、水淹曹仁。管仲、樂毅用兵，也不過如此吧？」諸葛亮這番話，說得張昭無言以對。

　　忽然，有個謀士高聲問道：「現在曹操有百萬雄兵，眼看就要吞併江夏，先生覺得該如何應對呢？」

諸葛亮說：「曹操的兵多半由收編袁紹、劉表的隊伍得來，雖然是百萬大軍，其實也沒什麼可怕的。」

那個謀士冷笑着說：「劉備被困在江夏，現在只能四處向人求救，先生還說不怕，真會說大話！」

諸葛亮說：「我們是在等待時機。東吳現在**兵精糧足**，又

有長江天塹，有些人卻一心想讓君主投降，不顧天下人恥笑。這些人才真的是怕了曹操！」那個謀士羞得滿臉通紅。

孫權聽了，把諸葛亮單獨請到密室商談。諸葛亮詳細地分析曹軍的弱點，說明孫劉聯合必能打敗曹操，將來天下必成**鼎足之勢**。孫權聽了，還是猶豫再三，下不了決心。

東吳都督周瑜（字公瑾）得知此事，馬上趕回來，勸說孫權答應諸葛亮的建議，並主動請戰。孫權這才點頭同意。

至此，孫劉正式**結盟**。

第十三回
羣英會蔣幹中計

　　不久，孫劉聯軍與曹軍在三江口交戰。由於曹軍的士兵大多來自北方，不擅長水戰，被打得落花流水，只好退守北岸**赤壁**。

　　曹操吃了敗仗，心裏很惱火。他命令蔡瑁、張允兩員大將加緊訓練水軍，同時，召集眾將商議破敵之計。謀士蔣幹説：「我與周瑜曾是同窗好友，交情不錯。我願憑**三寸不爛之舌**，去江東勸他投降。」曹操大喜。

第二天，蔣幹辭別曹操，坐船來到江對岸見周瑜。

周瑜打探得知蔡瑁、張允二將把曹操水軍訓練得陣勢嚴整靈活，決定先除掉他們。

這天，周瑜正和將領們商議軍情，忽然有人來報：「曹操謀士蔣幹求見。」周瑜猜到他是來**勸降**的，心想：來得正是時候。我正苦惱沒機會除掉蔡、張二人，沒想到機會自己送上門來了。他向眾將領

吩咐一番後，出去迎接蔣幹。

　　周瑜把蔣幹迎入大寨，擺下筵席，讓文武官員都來相陪。席間，他解下寶劍交給部將，說：「今天我們只敍舊，不談戰事。如果違例，就用這把寶劍把他斬了！」蔣幹聽了，心裏又驚又急，嚇得一句話也不敢多說。

　　宴會上，大家互相敬酒，**開懷暢飲**。周瑜指着文武官員對蔣幹說：「他們都是江東的英雄豪傑。今天的聚會可稱『羣英會』！」

宴會結束後，周瑜拉着蔣幹入帳同睡。周瑜假裝大醉，衣服也沒脫，一躺到牀上就呼呼大睡。蔣幹**滿懷心事**，哪裏睡得着？到了二更，蔣幹見周瑜鼾聲如雷，料想周瑜已經熟睡，便輕手輕腳下牀，去翻閱放在桌上的文書。他猛然看到其中有蔡瑁、張允寫給周瑜的信，信上說：「我們投降曹操，是被**形勢逼迫**。等到時機成熟，我們就砍掉曹操的腦袋……」

　　蔣幹看了非常吃驚，急忙把信藏在衣服裏，然後

又回牀上躺下，佯裝睡着了。到了四更天，有人喚醒周瑜到帳外。蔣幹趕緊爬起來偷聽，只聽來人向周瑜報告說：「蔡、張兩位都督說一時還不能下手……」

過了一會兒，蔣幹聽到腳步聲，趕緊躺回牀上。周瑜進來，叫了兩聲，見蔣幹沒有反應，就繼續睡覺了。好不容易熬到天快亮，蔣幹趁周瑜未醒，悄悄下牀溜出軍營，駕船向曹營駛去。

回到曹營，蔣幹立刻把信交給曹操，又把經過細説了一遍。曹操十分惱怒，叫士兵把蔡瑁、張允推出去斬殺。

　　等士兵把蔡瑁、張允的人頭送進營帳，曹操才猛然省悟過來，心裏連連後悔叫苦：「我中了周瑜的奸計！」

　　眾將問為什麼要殺蔡、張二人，曹操不肯認錯，只支吾地説：「他們怠慢軍法，所以我下令把他們殺了。」

　　隨後，曹操選了毛玠、于禁為水軍都督，代替蔡、張兩人的職務。

第十四回
諸葛亮草船借箭

周瑜得知曹操殺了蔡瑁、張允兩人，便對魯肅說：「諸將應該不知道我用了此計，不過此計不知能不能瞞過諸葛亮。你去探一探吧！」

諸葛亮見了魯肅，馬上向他賀喜。魯肅問：「喜從何來？」諸葛亮說：「此計只能騙過蔣幹。曹操雖然一時被瞞過，但必定馬上醒悟。聽說曹操讓毛玠、于禁做了水軍都督，江東就

不用再擔心了。」

魯肅回來照實說了，周瑜大驚道：「此人決不可留！」魯肅說：「殺了孔明，恐怕會被曹操嘲笑。」周瑜說：「我自有**妙計**殺他，讓他死而無怨。」

第二天，周瑜故意說軍中缺箭，要諸葛亮在十天之內造十萬枝箭。諸葛亮說只需要三天就可以了。

周瑜大喜，說：「軍中無戲言！」諸葛亮笑着說：「我怎麼敢欺騙都督？」隨即便立下**軍令狀**：三日造不完，甘當重罰。

諸葛亮走後，周瑜悄悄吩咐工匠做慢些，好讓諸葛亮無法按時交出十萬枝箭，到時就可以治諸葛亮的罪。

諸葛亮回到營裏，找到魯肅，說：「請借給我二十條船，每條船內派三十名士兵。船用布蒙好，兩邊紮滿**草把**，我自有妙用。三天之後保證有十萬枝箭。」魯肅答應了。

魯肅很快就按諸葛亮的要求準備好了。第一天，諸葛亮什麼動靜也沒有；第二天，諸葛亮還是沒有動靜。魯肅不知諸葛亮在打什麼主意。

　　到了第三天四更時分，諸葛亮悄悄請來魯肅，說去取箭。魯肅疑惑地問：「到哪裏去取呀？」諸葛亮說：「一會兒你就知道了。」

　　他們來到船上，只見江面上大霧瀰漫，看不見對面的人。諸葛亮命二十條船往北岸開去。

　　靠近曹軍水寨時，諸葛亮讓所有的船頭朝西尾朝東一字擺開，然後擂鼓吶喊。

魯肅吃驚地問：「如果曹軍出來，如何是好？」諸葛亮說：「霧這麼大，曹軍一定不敢出來。我們只管喝酒，等霧散了就回去。」

　　曹操聽到外面擂鼓吶喊聲，又見江面大霧，怕中埋伏，不敢派兵出擊，急忙調來一萬多名弓箭手，一齊向江中**放箭**。一時間，密密麻麻的箭像雨點一般射向小船。不一會兒，船上的草把就紮滿了箭。諸葛亮下令將船掉頭，讓另一側草把受箭。

　　霧慢慢散去，二十條船兩側的草把上都插滿了箭。諸葛亮下令急速開船回東吳，又叫軍士一齊高喊：「謝丞相送箭！」曹軍將領立刻報告曹操，曹操大呼**上當**。此時，諸葛亮的船已開出十多里，曹操想追也追不上了。

　　在返回軍營的途中，魯肅問諸葛亮：「先生怎麼知道今天有大霧？」諸葛亮笑着說：「假如我不懂天文地理，不知道布陣用兵，就只是個庸才而已。我在三天前就料到今天必有大

霧。」魯肅聽了，對諸葛亮佩服得**五體投地**。

　　船靠岸時，周瑜已派五百名士兵在江邊等候，諸葛亮便讓他們上船取箭。不一會兒工夫，二十隻船上面的箭卸完了，足有十數萬枝。

　　魯肅去見周瑜，把諸葛亮得箭的經過說了一遍。周瑜歎氣道：「諸葛亮**神機妙算**，我不如他啊！」

第十五回
周瑜大火燒赤壁

得到十多萬枝箭以後，諸葛亮和周瑜不約而同地想到用火攻破曹軍。周瑜計劃先用**苦肉計**引誘曹操上當。老將黃蓋自告奮勇要擔此重任。

第二天，周瑜召集眾將領召開軍事會議。黃蓋故意在會議上找麻煩，表示對周瑜不滿。周瑜假裝生氣，命士兵把黃蓋拖出去杖打。

行刑的士兵把黃蓋綁了起來，狠狠地打了五十多杖，直打得他**皮開肉綻**、鮮血直流，幾次昏死過去。過後，黃蓋憤憤不平，讓好友闞澤（闞，粵音磡）去曹營送投降書。

曹操聽說黃蓋被打受辱，便信以為真，於是約定：黃蓋來投降時，船上插上青龍旗。

隨後，周瑜又讓名士龐統假意**投奔**曹操。龐統向曹操獻計說：「把軍中大小戰船用鐵索連在一起，這樣就可以解決北方士兵水土不

服、常常暈船的問題。」曹操覺得很有道理，就傳令連夜打造索鏈，鎖住戰船。龐統見目的已達到，藉口去勸降那些不滿周瑜的人，回到了東吳。

這天，西北風颳得很猛。曹軍的戰船都用鐵索連在一起，十分平穩，士兵們在船上掄槍使刀，很是勇武。曹操在大戰船的將台上看着，心裏十分歡喜。

謀士程昱對曹操說：「把船連在一起固然平穩，但敵人若採用火攻，我們就逃不掉了。」

曹操笑道：「火攻必須借助**風力**。現在是冬季，哪兒來的東南風？火攻只會燒了他們自己。」眾將都說：「丞相**高見**！」

　　周瑜確定了火攻計策後，上山頂觀察曹軍營寨。他猛然想到一件事，大叫一聲，口吐鮮血，不省人事。眾將忙求醫調治。諸葛亮說周瑜的病他能醫治。他遞給周瑜一張字條，上面寫着「萬事俱備，只欠**東風**」。

　　周瑜忙問有什麼辦法，諸葛亮說：「我可以登壇作法，借來東風。」

周瑜聽了，病立即好了。

　　諸葛亮穿上道袍，手執長劍，登壇作法。

　　當天三更時分，果然颳起了東南風。眾將士按原計劃行事。黃蓋率二十條船駛向曹營，船頭插上青龍旗，船內裝滿蘆葦乾柴，鋪上硫磺等引火之物，上面用青油布蓋好。大船後面繫着小船，用來接應。

　　東南風越颳越大，曹操站在大船上，遠遠看到插着青龍旗的船向他駛來，高興地說：「黃蓋果真來投降了，真是天助我也！」

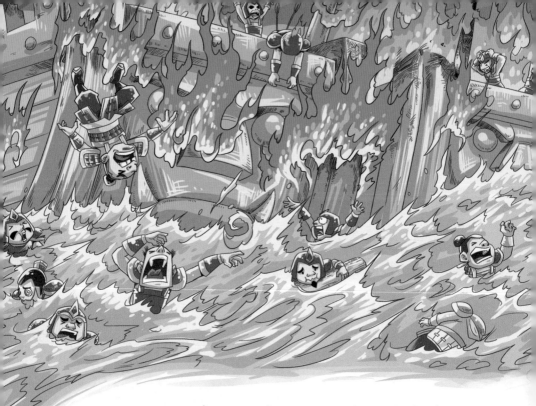

　　船飛快地靠近，曹操這才看出其中有詐，急忙派人攔截，可哪裏還攔得住？只見黃蓋舉刀一揮，前船一齊點火。火趁風勢，風助火勢，二十條火船快速衝向曹軍水寨。

　　曹軍的船一碰上火馬上燃燒起來。這些船都被鐵鏈連着，一條也逃不了。江面上頓時火光沖天，一片通紅。曹軍哭叫連天，被火燒、水淹、中箭的，不計其數。曹操在大船上急得

像隻無頭蒼蠅，不知所措。這時，卻見
張遼駕着一條小船趕來營救，曹操這才狼狽
地逃走。

　　再說周瑜見諸葛亮竟能呼風喚雨，本領驚
人，十分**忌憚**，認為把他留下會成禍根，於是
派人去追殺他。

　　諸葛亮料到周瑜會謀害自己，早就讓趙雲
駕船前來**接應**，順利地回到了江夏。

第十六回
曹操敗走華容道

曹操在赤壁吃了敗仗，帶着殘兵逃到烏林。他見周圍**山川險峻**、樹木叢生，便仰天大笑。部將問他為何發笑。曹操說：「我笑周瑜無謀，諸葛亮少智。如果是我用兵，一定會預先在這裏埋伏一支隊伍。」

曹操的話音剛落，兩邊樹叢中鼓聲震天，曹操驚得幾乎掉下馬來。趙雲率一隊人馬衝殺出來，大叫：「趙子龍奉軍師之命，在此等候

多時了！」曹操急忙讓
徐晃、張郃迎戰，自己騎馬
向前奔去。

　　趙雲攔殺了一陣，搶了不少旗幟，領着人
馬走了，沒再向前追趕。

　　曹操帶着殘兵敗將走到葫蘆谷口時，人困
馬乏，只好傳令休息，命人埋鍋做飯。

　　曹操坐在一棵大樹下，又**仰天大笑**。眾
將士說：「丞相剛才一陣大笑，引出趙子龍，
折了許多人馬。現在為什麼又要發笑？」曹操
說：「我笑諸葛亮和周瑜不會用兵。如果是我，

一定在這裏設下埋伏，趁我們飢餓疲乏時包圍過來，我們就算逃得性命，也不會剩下多少人了。」

　　曹操正説着，突然聽到喊殺聲連天，只見張飛帶領一隊人馬出現眼前。曹操**大吃一驚**，慌忙上馬。曹將張遼、徐晃前去迎戰。曹操乘亂逃脱，又往前走了一段路，軍士來報：「前邊有兩條路，該走哪條？」曹操發現大路平坦卻很遠；小路通往華容道，路險難行卻便捷。

　　他登上高處，看到小路上有幾處煙火，大路上沒有動靜，便對將士們說：「諸葛亮故意在山路上點起煙火，讓我軍望而卻步不敢前行，他自己一定在大路上埋伏着等我們。我偏不上當！」於是，下令走華容道。華容道山路**崎嶇狹小**，又因早晨下雨，泥陷馬蹄，曹軍又餓又累，自相踐踏，死傷不斷。

　　走過那段險路，曹操身邊只剩下三百多人馬了。他又哈哈大笑起來：「人們都說周瑜、

諸葛亮**足智多謀**，我看到底是無能之輩。如果在這裏埋伏一路人馬，我們便束手就擒了。」話沒說完，只聽一聲炮響，關羽帶領人馬衝了出來，擋住了曹軍的去路。

曹操知道關羽是個重義氣的人，就跟關羽說起以前自己對他的恩情，讓他放自己一條生路。

關羽情不自禁地想起了當年曹操對自己的情誼，又見曹軍個個衣甲

不全、疲憊不堪，不禁動了**惻隱之心**，於是吩咐軍士四散擺開。

曹操見了，一拍戰馬領眾將衝了過去。曹操逃回南郡時，身邊只剩二十幾個人，心中不知是悲是喜，放聲大哭起來。

關羽放了曹操，本該按軍法處斬，但因劉備求情讓關羽將功贖罪，諸葛亮才饒了關羽。

第十七回
諸葛亮三氣周瑜

　　赤壁之戰後，孫劉聯盟內部出現了矛盾。周瑜和劉備都想奪取曹操的南郡，雙方約定誰先攻入，南郡就歸誰。周瑜率先領兵攻打南郡，不料中了守將曹仁的**圈套**。周瑜身中毒箭，大敗而歸。大夫說這箭傷需要很長時間的調養，而且不能生氣，否則毒性就會復發。

　　不久，吳營傳出周瑜因箭傷而死的消息。曹仁不知是計，夜襲吳營，中了埋伏，狼狽地

逃往襄陽。就在周瑜和曹仁打得**不可開交**的時候，諸葛亮趁南郡空虛，派趙雲連夜奪下了南郡城；接着，又讓張飛去攻佔荊州，讓關羽去奪取襄陽。

周瑜得知劉備不費氣力連奪三城，氣得箭傷**發作**，昏倒在地，一會兒才醒。周瑜一怒之下要與劉備決戰。魯肅連忙勸住，自願前往與劉備講理。不過，他得到的只是劉備借用荊州的一紙空文，根本沒有實際作用。

過了一段時間，劉備的妻子因病去世。周瑜得知此事，心生一計，便建議孫權**假意**把妹妹許配給劉備，等劉備

前來迎親時就可以抓住他，逼他歸還荊州。

諸葛亮識破周瑜的陰謀，決定將計就計，派趙雲帶着五百士兵駕船護送劉備去東吳迎親，並寫了三條妙計放入**錦囊**，讓趙雲見機行事。

劉備的迎親隊伍到了東吳，趙雲按照第一個錦囊妙計行事。他命令隨行士兵都披紅掛彩，到街上購置各種辦喜事的用品，讓全城人都知道劉備來娶孫權的妹妹。

　　孫權的母親聽到消息

後，將孫權罵了一頓。後來，孫母覺得事情已

發展到這地步，又見劉備長得儀表堂堂、氣度

不凡，心生喜歡，就同意了把女兒嫁給劉備。

　　周瑜一計不成又生一計，叫孫權將劉備留

在東吳享樂，消磨他的鬥志。趙雲掏出第二個

錦囊妙計。他向劉備報告：「曹操的幾十萬精

兵殺到荊州了！請主公立即回去。」劉備聽了，

連忙帶着妻子孫夫人與趙雲一起往回趕。

　　走到柴桑邊境時，劉備一行人被周瑜的人

馬截住。趙雲急忙拆開第三個錦囊，按照第三

條妙計，叫孫夫人出面解圍。孫夫人上前怒聲

呵斥周瑜的守將徐盛、丁奉
放肆無禮。兩人只好連聲道歉，不敢阻攔，放
劉備一行人離開了。

　　等周瑜帶着水軍追到江邊時，劉備等人早
已坐上諸葛亮派來接應的船隻離岸了。劉軍將
士們在船上高聲喊道：「周郎妙計安天下，**賠
了夫人又折兵**！」周瑜聽了，氣得急火攻心，
箭傷迸裂，大叫一聲，昏倒在地，被部下救了
回去。

　　周瑜兩次用計失敗後，又心生一計。他假
意要替劉備攻打西川地區，其實是想趁機殺入

荊州城。諸葛亮早就識破他的**詭計**，等周瑜率軍來到荊州城下時，就派大軍四面圍攻周瑜。

周瑜氣得箭傷復發，墜落馬下。眾將士把周瑜救回營中。周瑜自知不能久活，便寫了遺表給孫權，推薦魯肅繼任大都督；又安排後事，仰天長歎：「蒼天啊，既生瑜，何生亮！」他一連大叫了幾聲，閉上眼睛**一命嗚呼**了，終年三十六歲。

第十八回
曹操割鬚棄戰袍

　　曹操在赤壁之戰大敗後，回到北方休養生息，基本上平定了北方地區，只剩下涼州這個**心腹大患**。

　　曹操聽説周瑜死了，便想派兵討伐孫權。他擔心西涼太守馬騰在他率軍南下時乘機來襲，便召馬騰到許昌議事，趁機將他殺害。

　　馬騰的兒子馬超留守涼州，聽説父親被曹操殺死，恨得咬牙切齒，發誓要親手殺了曹操，

為父親報仇。這時，西涼太守韓遂
給馬超送來一封信。這封信是曹操寫給韓遂
的，讓韓遂捉拿馬超。馬超氣得**怒髮衝冠**，
立即領兵二十萬去攻打曹操。

　　馬超率領的軍隊一路上勢如破竹，一直殺
到潼關地區。曹操不得不放棄南下攻打孫權的
計劃，親自率兵到達潼關，砍樹打樁，安營紮
寨，抵擋馬超。次日，曹操引兵出擊，正遇着
馬超的西涼兵。馬超早已嚴陣以待。曹操遙望

西涼兵個個身高體壯，**矯健勇猛**；再看那馬超，面白唇紅，肩寬腰細，手握長槍，英俊勇武，心中不由得暗暗驚歎。

馬超見曹軍眾將簇擁着一個身穿紅袍的人來到陣前，知道是曹操，頓時氣上心頭，大罵：「曹賊，你殺死我父親，此仇**不共戴天！**」說完，挺槍殺了過來。曹操身後的于禁連忙迎戰。鬥了八九個回合，于禁敗下陣來。

張郃趕緊出戰，不到二十個回合也敗走回陣。馬超長槍一揮，西涼大軍奮勇衝殺過來。曹軍抵擋不住，亂了陣腳，紛紛潰敗逃跑。

馬超帶着一百多名精銳騎兵去捉拿曹操。曹操在亂軍中聽到西涼兵大叫：「穿**紅袍**的是曹操！」他便慌忙脫了紅袍。這時，又聽西涼兵叫道：「留**長鬍子**的是曹操！」曹操嚇得急忙舉起佩刀，把長鬍子割斷。西涼兵見了，又喊叫起來：「**短鬍子**的是曹操！」曹操只好扯下旗幟，把脖子連同下巴一起包上，騎着馬繼

續往外逃。

　　曹操跑了一陣，忽然聽到背後有人騎馬追
趕上來，回頭一看，正是馬超。馬超大喝一聲：
「曹操奸賊，看你往哪兒跑！」曹操嚇得把手
中的馬鞭掉落到地上。

　　馬超挺槍直刺過來，曹操一躲，那槍紮進
了樹幹。等馬超拔出槍時，曹操已跑出十丈遠
了。馬超又拍馬追趕過去，轉過一個山坡，曹

洪迎上來，掄刀擋住
馬超。兩人戰了四五十個
回合，曹洪漸漸沒氣力，刀法
也亂了。這時，夏侯淵帶着人馬趕
到。馬超怕寡不敵眾，被他們困住，就掉
轉馬頭退回營地。

　　後來，曹操使出**反間計**，才最終將勇猛
過人的馬超打敗，奪得涼州。

第十九回
趙雲截江奪阿斗

　　曹操打敗馬超、韓遂之後，基本上統一了北方。西南漢中的張魯擔心漢中也會被曹操吞併，就想把附近的益州奪下，**鞏固實力**。益州牧劉璋怕自己打不過張魯，就請荊州的劉備入蜀幫忙。

　　劉備分兵入蜀之時，東吳孫權見這是個大好機會，便召集大臣商討奪取荊州之事。張昭獻計說：「主公可以給孫夫人寫封密信，說你

母親病重，想念女兒，也想見見劉備的兒子阿斗，讓他們回東吳一趟。到時，我們就可以利用阿斗逼劉備交還荊州。」

孫權聽了很高興，連忙派周善去送密信。劉備的妻子孫夫人聽說母親病危，心中焦急，哭了一陣，急忙抱起七歲的阿斗，帶着幾十個侍從，跟着周善出了荊州城，來到江邊準備坐船去東吳。周善正要開船，忽聽岸上有人大叫：「請等一等，我要給嫂夫人餞行！」原來是趙雲聽說孫夫人帶着阿斗走了，騎馬趕來江邊，邊跑邊大聲地叫着快停船。

周善**不予理睬**，命令士兵駕船全速前進。趙雲沿江趕了十多里路，忽然看見一條漁船停在江邊。他翻身下馬，跳上漁船繼續追趕。周善擔心被趙雲追上，便叫軍士放箭。趙雲用槍去擋，那些箭都跌落了水裏。眼看趙雲駕着船就要追上，吳兵就用長槍去刺。趙雲抽出寶劍，砍斷了吳兵的槍尖，縱身一躍，跳上大船，嚇得吳兵都不敢上前。

　　趙雲走進船艙，對孫夫人說：「主公只有這個孩子，請夫人留下小主人！」孫夫人惱怒地大聲說：

「你只不過是一個小小的將領，憑什麼管我的家事！」

趙雲堅持說：「不留下小主人，我死也不會放夫人走。」說完，從孫夫人懷中奪過阿斗，跑出船艙。

這時，遠處駛來十幾條船，最前邊那條船上，一員大將手握長矛，高聲喊道：「嫂嫂，請把阿斗留下！」原來是張飛聽到了消息，率戰船出來攔截東吳的船隻。

　　張飛提着長矛，跳上東吳的船隻，砍倒周善，割下他的腦袋，扔到孫夫人面前。孫夫人驚慌地說：「我的母親病重，我急着趕回去看望，來不及告訴你大哥。你要是不放我回去，我寧願**投江**而死！」

　　張飛和趙雲商議：「如果逼死夫人，並非為臣之道，也不好向大哥交代。我們只把阿斗奪回去就行了。」

　　兩人商定，就對孫夫人說：「今日相別，若嫂嫂想念大哥，希望早日歸來。」說完，抱着阿斗回到自己船上。船航行不到數里，諸葛亮便率領大隊船隻前來接應。

　　孫夫人掛念母親，只好坐着東吳的船，獨自回江東去了。孫夫人回到江東後，發現自己被騙了，十分生氣，但一時又回不了荊州，只好繼續留在東吳，整日**悲傷痛哭**。

第二十回
關雲長單刀赴會

　　孫權在江東聽説劉備攻佔了西川，便將東吳長史諸葛瑾的家人關押起來，讓諸葛瑾去找弟弟諸葛亮討還荊州。

　　諸葛瑾來到益州，找諸葛亮**哭訴**，讓諸葛亮救救他的家人。諸葛亮猜到這是孫權的計謀，就帶諸葛瑾去見劉備。

　　劉備按諸葛亮的計策假裝答應歸還荊州轄區的長沙、零陵、桂陽三郡，並叫諸葛瑾拿上

他的信，去向駐守荊州的關羽討要。

諸葛瑾不知是計，趕到荊州，把劉備的信交給關羽。關羽看完信，**大怒**道：「荊州本是大漢疆土，怎能隨便送人？將在外，君命有所不受。你不必多說了。」

諸葛瑾只好回去向孫權稟報，孫權大怒。魯肅向孫權建議：「不如讓我去請關雲長來赴會。若他不答應歸還荊州，就在席上殺了他。」孫權同意。

魯肅當即派人邀請關羽到陸口赴會。眾將都勸關羽不要去。關羽說：「我知道這是魯肅

的計謀，不去會被恥笑。我能面對百萬軍隊面不改色，如入無人之境，難道還怕這羣江東鼠輩！我決定明天**單刀赴會**。」

魯肅聽說關羽慨然應允，趕緊設下埋伏，準備刺殺關羽。

第二天一早，魯肅帶人到江邊迎候關羽。只見一條小船向東吳駛來，關羽站在船頭，立在身後的周倉手執大刀，另有八九個大漢各挎一把腰刀。魯肅將關羽迎進臨江亭飲酒。

席間，關羽**談笑風生**，而魯肅卻滿懷心事，不敢正眼看關羽。

幾杯酒下肚後，魯肅忍不住提起歸還荊州的事。關羽揮揮手說：「這是國家大事，明天再好好細談，今天只管喝酒敍舊。」

魯肅不死心，又說了一遍。立在關羽旁邊的周倉把刀用力地往地上一頓，大聲叫道：「天下的土地，誰有仁德就歸誰，憑什麼偏要給你東吳？」

關羽奪過周倉手上的大刀，**呵斥**道：「大膽，還不快退下！」

　　周倉會意，馬上離開臨江亭，
來到江邊，把旗一招，關羽的義子關平立即駕
着船飛快地駛來。

　　周倉離開後，關羽一手提刀、一手挽住魯
肅，說：「別提荊州的事了。今天我已喝醉，
說話多有得罪。下次我請你到荊州，我們再好
好商量吧！」關羽裝出醉酒的樣子，一直把魯
肅扯到江邊。

　　魯肅嚇得**變了臉色**，一句話也說不出來。

　　埋伏在外的東吳將領呂蒙、

甘寧看關羽要走，想領兵衝殺上

來，又怕關羽傷害魯肅，只好按兵不動。

關羽到了船邊，才鬆手放開魯肅，然後縱身跳

到船上，與魯肅揮手告別。

　　魯肅被眼前發生的一切驚呆了，回不過神

來，眼睜睜地看着關羽坐船乘風破浪而去，東

吳眾將領也只能望江興歎。

第二十一回
黃忠智取定軍山

　　趁曹操領兵出戰漢中地區之際，孫權派兵攻打曹軍後方合淝。曹操兩邊作戰，兵力不足，於是讓夏侯淵、張郃繼續留守漢中，自己帶兵回合淝救援。

　　劉備想借這個機會攻下漢中的戰略要地定軍山。**老將**黃忠不服老，主動請戰。諸葛亮卻故意激他：「將軍雖然英勇，可年事已高，恐怕不是夏侯淵、張郃的對手。」

黃忠聽了，氣得白髮衝冠，說：「我雖然年紀不輕了，可渾身有千斤力氣！」說完，他到堂下取來大刀揮舞起來；又從牆上摘下硬弓，一連拉斷了兩張。於是，諸葛亮任命黃忠、法正為正副將領，出發攻打定軍山。

　　黃忠、法正帶領人馬來到定軍山，守將夏侯淵憑借山勢險要，堅守不出。黃忠和法正一連幾天都沒攻下城來。黃忠因此**悶悶不樂**。

這一天，黃忠收兵回營，法正對他說：「定軍山西邊的那座高山，地勢險要，從那座山上可以看清曹軍營地的情況。我們先去佔領它，再攻取定軍山就不難了。」

黃忠覺得有道理，便發動夜襲，攻佔了這個山頭，和定軍山相對。法正說：「老將軍可到半山坡據守，我留在山頂。等夏侯淵帶兵來攻的時候，看到我舉白旗，你就按兵不動；等曹軍懈怠疲倦時，我就舉起紅旗，

你便衝下山去，殺他個**措手不及**。」黃忠依照法正的計策，到半山坡上紮下營寨。

夏侯淵見黃忠奪了對面高山，十分氣惱，想帶兵衝殺出來。張郃勸說：「這是法正的計謀，將軍不要出戰，還是堅守定軍山要緊。」夏侯淵不聽，說：「黃忠佔據了對面的山頭，我軍的情況都暴露在他的眼皮底下，怎能不出戰？」說完，領着人馬來到對面山下大罵。

黃忠見山頂上舉着白旗，任憑曹軍怎麼辱罵都不出戰。過了正午，法正在山頂上見曹軍銳氣大減，士兵們都下馬休息，十分**懈怠**，他忙舉起紅旗。黃忠收到信號，立馬率軍擂鼓吶喊，衝下山來。

夏侯淵慌忙指揮隊伍，倉促應戰。他來不及跨上馬，黃忠已衝到面前。他措手不及，被黃忠一下劈為兩段。曹軍見主將被斬，都四散逃跑。

黃忠趁勢攻打定軍山。張郃領兵迎戰，遭

到黃忠和黃忠部將陳式的兩面夾擊，只好退到漢水駐紮。

　　黃忠佔領了定軍山，勝利歸來。劉備十分高興，加封黃忠為征西大將軍，還擺酒設宴為他慶功。

第二十二回
趙雲孤膽救黃忠

　　定軍山一戰，曹軍**損兵折將**。曹操非常惱怒，親自率領二十萬大軍征討劉備。劉備忙與諸葛亮商量對策。諸葛亮說：「我們去燒掉曹操在漢水北山腳下的糧草，曹軍自然不戰而退。」

　　黃忠聽了，又主動請戰。諸葛亮說：「在那裏保護糧草的是張郃，他比夏侯淵精明多了。這次讓趙雲和你一起去，再派張著做你的

副將，遇事千萬要商量。」黃忠連連答應。

　　黃忠和趙雲帶上人馬出發了，到了漢水附近紮下營寨。黃忠準備去**夜劫**糧草。趙雲對黃忠説：「老將軍去劫糧草，可約定個時刻。若按時回來，我就按兵不動；如果沒有回來，我就前去接應。」兩人商量了一下，便約定以第二天中午為期限。

　　黃忠回到寨中，對張著説：「明天我帶兵去劫糧草，你來協助我，只留五百軍馬守營即可。今晚四更出發，

殺到北山腳下，先捉張郃，後劫糧
草。」張著聽了，忙去做準備。

　　當夜四更時分，黃忠和張著領兵悄悄過了
漢水，來到北山腳下。這時天色已放亮，只見
曹軍糧草堆積如山，只有一二百個士兵看守。
他們見蜀兵殺到，都嚇得逃跑了。

　　黃忠正想放火焚燒糧草，張郃與徐晃領兵
殺了過來，黃忠被困在裏面，衝不出重圍。張

著帶着三百騎兵想去營救，卻被曹將文聘率領的隊伍圍住。

趙雲等到中午，見黃忠還沒有回來，就吩咐部將張翼堅守營寨，自己帶上三千人馬，去接應黃忠。剛渡過漢水，曹將慕容烈就殺了過來，被趙雲一槍刺死。沒走多遠，又遇見曹將焦炳，趙雲也一槍結束了他的性命。

　　趙雲來到北山腳下，見徐晃、張郃領着人馬圍住黃忠廝殺，便大喝一聲殺進重圍。他舞動手中的銀槍，如入**無人之境**。張郃、徐晃見了，都不敢上前與他交戰。

　　趙雲救出黃忠，又率兵去營救張著。曹軍見旗上有「**常山趙雲**」四字，竟害怕得一哄而散。趙雲把張著救了出來。

　　曹操得知糧草被劫，十分惱火，親自率兵追趕。趙雲回到營寨，命弓弩手在營寨外圍的

戰壕中**埋伏**，自己則
單槍匹馬地站在營外。曹
軍追到營前，見寨內沒有動
靜，只有趙雲獨自騎馬站在外邊，
擔心有埋伏，都不敢靠近。

曹操趕到，催促眾軍向寨裏衝殺，軍士們
吶喊着衝了幾步，見趙雲威風凜凜，一動不動，
嚇得轉身往回跑。

趙雲把長槍一揮，埋伏在壕溝中的弓弩手
一齊往外射箭，營寨裏的蜀兵也擂響戰鼓衝殺

出來。這時天漸漸黑了，曹操不知蜀軍有多少兵力，只好下令撤退。

　　趙雲、黃忠、張著各領一隊人馬追殺過來，曹操只好領着殘敗兵馬，一路逃回漢中。劉備收到蜀軍大勝的捷報，親自來慰問。他對趙雲的英勇由衷地讚歎：「子龍一身是膽啊！」於是，劉備封趙雲為「虎威將軍」，犒賞三軍。將士們一直歡宴到晚上。

第二十三回
關雲長刮骨療毒

　　劉備奪取漢中以後，自立為王。曹操很不甘心，他調動所有兵力，準備和劉備**決一死戰**。劉備派關羽迎戰。關羽發現曹將于禁的軍隊駐紮在山谷低窪之處，便設計用大水淹了于禁的軍隊，活捉了于禁。接着，他又率兵去攻打樊城。

　　關羽率領人馬來到樊城北門外，高聲叫道：「曹仁趕快出來投降！不然我殺進城去，一個

不留！」曹仁急忙命令五百名
弓弩手一齊放箭，結果射中了關羽的
右臂。

　關羽的義子關平把關羽救回營寨，拔出箭
頭一看，是枝**毒箭**。這時，關羽的右臂又青又
腫，已不能動彈。關平很擔心，私下和眾將商
議：「如果我父親失去這條胳膊，還怎麼殺敵？
不如暫時退兵，先回荊州找大夫給父親療傷。」

於是眾將一起來見關羽，請他回荊州醫治箭傷。關羽生氣地說：「現在是攻取樊城的**關鍵時刻**。我怎能因為自己的一點小傷誤了國家大事？」眾將見他堅持留在營寨，只好四處尋訪名醫，為關羽療傷。

有個人找到關平，說：「我叫華佗，是個大夫，早就聽說關將軍是天下的大英雄。現在關將軍中了毒箭，傷勢嚴重，我特來醫治。」

　　關平早已聽聞**華佗**的大名，知
道他是有名的大夫，連忙領他去見關羽。華佗
檢查完關羽的傷口，說：「箭毒已經進入骨頭。
如果不迅速治療，這條胳膊就沒用了。」

　　關羽連忙問：「能治好嗎？」華佗說：「我
自有辦法，就是擔心將軍會害怕。」關羽笑着
說：「我死都不怕，還怕治病？」

　　華佗說：「我先要用尖刀割開皮肉，再**刮**
去骨上的箭毒，敷上藥，最後用線縫好。這個

　　過程疼痛難忍，將軍最好先綁住自己，蒙上眼睛。」關羽平靜地說：「我不怕疼痛，不用捆綁。」說完，便伸出右臂請華佗醫治。

　　只見華佗拿刀割開皮肉，裏面的骨頭已經發青。華佗又用刀刮那骨頭，發出「**嘎吱嘎吱**」的聲音。站在旁邊的人都嚇得臉無血色，不敢去看。關羽卻**談笑自如**，用左手端酒、下棋。

　　等華佗上好藥，縫完傷口，關羽笑着說：

「我這條胳膊又能活動了。先生真是神醫！」華佗讚歎地說：「我從醫多年，從沒見過像關將軍這樣勇武的人！」

關羽的箭傷好了之後，設宴款待華佗。華佗叮囑說：「箭傷雖然治好了，但傷口要等到百日之後才能痊癒，這段時間千萬不要動怒。」

酒宴結束後，關羽拿出一百兩黃金酬謝華佗。華佗堅決不收，只留下一帖藥，就告辭了。

第二十四回
關羽大意失荊州

　　曹操得知關羽活捉了于禁，斬了龐德，正步步進逼樊城，十分**震驚**。他一面派大將徐晃領兵五萬救援樊城，一面寫信催促孫權起兵，一起夾擊關羽。孫權一直對劉備不還荊州懷恨在心，立即答應派大將呂蒙率軍攻打荊州。

　　呂蒙到了陸口，發現關羽早有防備。關羽不僅在荊州安排了留守兵力，還沿江搭建了許多烽火台，以防敵人偷襲。

　　呂蒙心裏緊張極了，他曾在孫權
面前**誇下海口**說必定取勝，可看現在的情形，
荊州很難攻打。於是，他假裝得了重病，遲遲
不肯出兵，請孫權另派將領。

　　年輕的將領陸遜（粵音迅）猜出了呂蒙的心
事。他對呂蒙說：「我知道將軍的病，不過是
憂慮荊州有兵馬守護，沿江又有烽火台。我有
一個方法，可讓守台士兵無法點火，荊州之兵
束手投降。」

　　呂蒙忙問有何妙計。陸遜説：「關羽自以
為英雄無敵，東吳眾將除將軍之外，他都不放
在眼裏。將軍可以以病重為由辭去職務，換別
人來統率軍隊。這樣，他就會放鬆警惕，將荊
州的兵調去攻打樊城。將軍趁這個時候，領兵
突襲荊州，還怕不能成功嗎？」

　　呂蒙聽了，高興地把這個計策告訴孫權。
於是，孫權召呂蒙回來養病，讓**默默無聞**的
陸遜接替他的職位。陸遜一上任，就給關羽寫

了一封信，信中語氣謙卑，並表達敬佩之情，然後派使者將信和好酒、寶馬等給關羽送去。

關羽看完信，大笑着說：「孫權用這種庸才為將，真是見識短淺！」他認為陸遜對自己不會構成威脅，就把留守荊州的大部分人馬調走了。

陸遜趕緊把這個情況報告給孫權。孫權一邊派人給曹操送信，讓他襲擊關羽；一邊叫呂蒙進軍

荊州。呂蒙選出八十條快船，挑選三萬精兵藏在船艙裏，又讓搖船的軍士打扮成商人模樣，向長江北岸駛去。

呂蒙的隊伍到了對岸，遇到烽火台上的荊州守軍盤問。他們謊稱是客船遇到風浪，要靠岸躲避，守軍便同意了他們的請求。

誰知船一靠岸，船內精兵一齊殺出，把守護烽火台的荊州士兵都捉到船上。就這樣，吳軍**長驅直入**，一直到荊州也沒有被發現。

到了荊州城外，呂蒙讓那些俘虜來的守台軍士叫門。

　　城上守軍見是自家人馬，**不虞有詐**，就打開了城門。東吳將士趁機衝進城裏，輕鬆地奪取了荊州。

　　關羽正在樊城與曹將徐晃、曹仁交戰，得到荊州失守的消息後，為自己的大意**後悔不已**。

第二十五回
關雲長敗走麥城

關羽聽說荊州失守後，沿途守將傅士仁、糜芳便投靠了東吳，不由得**怒火攻心**，箭傷迸裂，昏倒在地。

過了好一會兒，關羽才蘇醒過來。他叫人到成都去請救兵，自己帶着人馬為前隊，讓關平、廖化為後隊，分兩路向荊州進發。

關羽在前往荊州的路上，**進退無路**，就對趙累說：「現在前有吳兵，後有魏兵，我在

中間，救兵又還沒到，該怎麼辦？」趙累說：
「從前呂蒙在陸口時，經常寫信給將軍，相約
討伐曹操。如今他卻聯合曹操來攻打我們。將
軍不妨寫信責問他，看他怎麼回答。」關羽採
納了他的建議，寫好信派人送往荊州。

　　再說呂蒙進駐荊州以後，傳下命令：一定
要善待百姓；給跟隨關羽在外打仗的將士家屬
發錢發米。因此，荊州城內**井然有序**，全城
軍民都很感激呂蒙。

關羽的使者來到荊州，也受到呂蒙的熱情招待。使者見出征將士的家屬衣食不缺，便如實向關羽匯報。將士們得知家裏**安然無恙**後，都不願再打仗了。

關羽率領人馬，繼續向荊州進軍。一路上，不時有士兵逃跑。關羽急不可耐，決定攻城，卻遭到東吳大將蔣欽、周泰、徐盛、丁奉等人的**四面圍攻**。

到了傍晚，東吳軍讓荊州百姓到關羽的營地外呼兄喚弟。

士兵們聽到親人的呼喚，紛紛逃離營地。最後，關羽身邊只剩下三百多人。到了三更時分，關平、廖化領着後隊人馬趕到，關羽才得以脫身，帶着殘剩兵馬去麥城。

　　到達麥城後，關羽派廖化到上庸請求救兵，無奈上庸守將孟達對關羽懷有怨恨，不肯發兵。廖化只好去成都找劉備救援。關羽在麥城沒有等到上庸救兵，卻等來了東吳派來**勸降**的諸葛瑾。關羽對諸葛瑾說：「我和劉備桃

園結義，親如兄弟，我決不會背
棄他。如果麥城被攻破，我只求一死。」

　　孫權聽了諸葛瑾的匯報，叫呂蒙趕快調動
人馬，猛攻麥城東、南、西三面城門，只留北
門引關羽逃跑。

　　這天夜裏，關羽讓王甫和周倉留守麥城，
自己帶着關平、趙累從北門突圍。關羽剛衝出
麥城二十多里路，就遇到一隊東吳人馬。關羽

　　不敢戰，殺了一陣後繼續往前走，沒走上四五里，忽然又衝出兩隊東吳兵。東吳兵用長鈎、套索絆倒了關羽的坐騎赤兔馬。關羽摔倒在地，被東吳將領馬忠捉住。關平想救關羽，衝殺了一陣，由於寡不敵眾，也被活捉了。

　　天亮以後，馬忠把關羽父子帶到孫權面前。孫權對關羽說：「我一直敬佩將軍，將軍

願意歸降於我嗎？」關羽**誓死不降**。

　　主簿左咸對孫權說：「以前曹操封官賜爵都留不住他。主公，你還不如立刻除掉他，以絕後患。」孫權沉思片刻，最後下令把關羽父子推出去斬首。

　　關羽死時五十八歲。麥城守將王甫、周倉聽說關羽父子被殺，也都自殺了，麥城被東吳佔領。

第二十六回
報兄仇張飛遇害

關羽死後不久，曹操也因頭痛病發作，不治身亡，終年六十六歲。公元 220 年，曹操的兒子曹丕逼漢獻帝退位，自立為帝，建立魏國。不久，劉備建立蜀國，孫權建立吳國，歷史進入了**三國時期**。

劉備雖然做了皇帝，但一想到關羽被害一年多仇還未報，便悶悶不樂。他決定親率大軍討伐東吳。諸葛亮、趙雲等文武大臣都勸他先

攻打曹魏，這樣能得到天下百姓的擁護，但劉備聽不進去。他一面操練軍隊，一面叫人給鎮守閬中的張飛送信，讓張飛做好出征準備。

自從關羽死後，張飛經常**痛哭流涕**，有時眼睛甚至還哭出血來。手下眾將怕他傷心過度，損害身體，就勸他飲酒解愁。誰知每次喝醉酒以後，他總大發脾氣，不論是將領還是士卒，只要他稍不滿意，就用鞭子抽打他們，不少將士被他打死了。因此將士們都對他又恨又怕。

張飛接到劉備的信後，立即去做戰前準備。他對部將范疆、張達下令：「將士們要**戴孝**伐吳，三天內必須製作好全軍的白旗白甲。」兩人感到很為難，對張飛說：「三天時間實在做不完，請將軍再多給幾天。」

張飛一聽，怒上心頭，喝道：「我恨不得明天就捉住孫權。你們竟敢違抗命令！」說完，命人把范疆、張達綁在樹上，各打五十鞭子，把兩人打得渾身是血。

打完後，張飛**恐嚇**道：「限你們明天把所需白旗白甲都做好。若違了期限，就砍你們的腦袋！」

兩人回到營裏，憂心忡忡。范疆說：「一天的時間，怎麼可能把白旗白甲製齊？張將軍的性子像火一樣暴躁，如果完成不了，你我都沒命了！」張達說：「與其等死，不如我們先殺了他。」范疆說：「他如此勇猛，我們怎麼殺得了他？」

張達說：「等他喝醉酒時，我們再偷偷動

手。」兩人開始**密謀**，準備行動。

當天晚上，張飛因為思念關羽，又喝得大醉，躺在牀上呼呼大睡。范疆、張達各帶一把短刀來到張飛的營帳前。他們對守衞士兵說，有機密事情要向張飛稟報，守衞士兵就讓他們進入帳內。

兩人到了牀前，見張飛瞪着雙眼，嚇得一

動也不敢動。過了一會
兒，他們聽見張飛像打
雷一樣的呼嚕聲，才知道
他是**睜着眼睛**睡覺的。范疆壯
着膽子，一刀刺向張飛的胸口，張飛大叫一聲
就斷氣了。這年，張飛五十五歲。

范疆、張達割下張飛的腦袋，帶着十幾個
隨從，連夜投奔東吳去了。劉備驚聞張飛遇害，
心痛無比，昏倒在地。

第二十七回
伐東吳火燒連營

　　關羽、張飛接連被害，劉備傷心欲絕。隨即召集七十萬大軍，命吳班為先鋒，令張飛之子張苞、關羽之子關興護駕，**水陸並進**，殺向東吳。

　　孫權十分震驚，連忙派諸葛瑾去勸說劉備退兵，並答應歸還荊州，被劉備拒絕了。

　　孫權大驚，說：「這樣一來，江南就危險了。」謀士趙咨說：「臣有一計，可化解這個

危機。」孫權忙問有什麼好辦法。趙咨說：「主公可作一表，派人送給魏帝曹丕（粵音披），說明其中的利害關係，讓他發兵襲擊漢中。劉備忙於自救，東吳之圍也就解了。」孫權依計行事，向曹丕**上表稱臣**。

曹丕大喜，不過他想讓吳蜀相鬥，自己從中獲利，所以並不出兵相助。孫權只好派韓當、周泰領兵，抵擋蜀軍。

蜀軍一路上**勢如破竹**，無人能擋。張飛的

兒子張苞殺了東吳將領謝旌，

活捉崔禹；關羽的兒子關興砍死了東吳

將領李異，活捉了譚雄。

孫權見**情勢危急**，只好封陸遜為大都督，

派他帶兵抵抗。劉備親自領兵去攻打陸遜，卻

發現東吳軍都躲在城內不肯出來。劉備讓士兵

們大聲叫罵，可東吳軍仍堅守陣營，不出來迎

戰。一連好幾天，城內一點動靜都沒有。

劉備氣得大罵：「陸遜這個懦夫，怎麼不敢和我打一仗？」謀士馬良説：「奪取荊州是陸遜的計謀，你不要輕視這個人。」劉備卻不以為然。

此時正值夏天，天氣炎熱，取水不便，蜀軍士兵們都熱得受不了，劉備便下令將營寨搬到樹林裏去。一時間，蜀軍在樹林裏搭起了四十多座營寨，前後綿延七百多里。

馬良認為這種紮寨方式不妥。

劉備便讓他將營寨的地形圖送去給諸葛亮看。諸葛亮遠在東川，看了地形圖**大驚失色**，長歎了一聲，說：「蜀軍的性命將不保了。把營寨紮在樹林裏，如果敵人用火攻，怎麼救？再說，連營七百里，戰線拉得太長了。你趕快回去，請主公重新安營。」

諸葛亮又叮囑馬良，如果蜀軍失敗，可以撤退到白帝城。馬良辭別諸葛亮，日夜趕路回去見劉備。諸葛亮也急速返回成都，調遣兵馬準備接應。

再說陸遜看見蜀軍把營寨挪到樹林裏，非常高興，立刻調集兵力，準備火燒蜀軍的七百里連營。

這天夜裏，忽然颳起東南風，陸遜見時機已到，立刻派人到蜀營放火。營寨四周都是樹林，大火借着風勢飛快地**蔓延**，蜀軍營地霎時變成一片**火海**。這時，東吳兵殺到，喊聲震天。蜀兵東奔西逃，自相踐踏，死傷者不計其數。

張苞從火海中奮力救出劉備，向西逃去。

　　此時，陸遜領軍在後面緊追不捨，前方又遇到東吳將領朱然攔住去路。劉備眼見自己已無路可逃，忽然聽見前面喊聲震天，東吳兵紛紛退散。原來是趙雲帶救兵趕到。趙雲將朱然一槍刺於馬下，驅散了東吳的將士，保護劉備往白帝城撤退。

第二十八回
白帝城劉備託孤

劉備逃回白帝城後，一病不起，又十分思念關羽、張飛兩位兄弟，常為自己未能替二人報仇而愧疚，病情便越來越嚴重。

這天，劉備心裏煩悶，喝退左右侍從，獨自躺在牀上。忽然吹來一陣涼風，燈火忽明忽暗閃爍不停。燈影下，劉備恍惚看見有兩個人站在那裏，以為是侍從，便氣憤地說：「不是叫你們退下嗎，怎麼又回來了？」

　　那兩人卻站着不動。劉備起身仔細一看，竟然是關羽和張飛。劉備大哭着想上前擁抱他們，誰知兩人又不見了。劉備歎息道：「看來我**命不久矣**！」

　　公元 223 年，劉備病情加重。他知道自己活不了多久了，便派人去成都請丞相諸葛亮、尚書令李嚴等人連夜趕到白帝城，聽受遺命。

　　諸葛亮接到信後，讓太子劉禪（即阿斗）鎮守成都，自己帶上劉備的兩個小兒子和一些官員，日夜兼程向白帝城趕去。

到了永安宮，劉備請諸葛亮坐在牀邊，緊緊地握住他的手，**神色淒然**地說：「我有幸得到你的輔助，建立國家。可我不聽你的勸告，最終導致失敗。現在我就要離開人世了，兒子又軟弱無能，我想把大事託付給你。」說完淚流滿面。

諸葛亮流着淚安慰劉備，說：「請主公好好保養身體。」劉備環視左右，見馬謖（粵音叔）站在旁邊，便令他退下，然後對諸葛亮說：「馬謖這個人**言過其實**，不可重用。你要謹記。」

　　兩人談完話，劉備才把眾臣都叫進來。他口授遺囑，讓尚書令李嚴記錄下來，然後把寫好的遺囑交給諸葛亮，說：「我就要離開人世了，有一句心裏話要告訴丞相。」

　　諸葛亮問：「陛下有什麼吩咐？」

　　劉備說：「丞相的才能無人能及。我死了以後，如果阿斗值得輔佐，你就輔佐他；如果他不行，你就自立為王吧！」

看到劉備這樣信任自己，諸葛亮既感激又難過。他跪在地上哭着説：「我怎敢不盡心盡意輔助太子呢？我就算死了，也難以報答陛下的**知遇之恩**啊！」

劉備又把兩個兒了叫到面前，囑咐道：「我死以後，你們兄弟倆要把丞相當作父親一樣來尊敬。」説完，又讓他們給諸葛亮磕頭。諸葛亮連忙扶起兩個孩子，泣不成聲。

最後，劉備對大臣們說：「我不能一一囑咐大家了，你們都各自努力吧！」說完就閉上眼睛，終年六十三歲。

諸葛亮率領眾臣把劉備的遺體護送回成都。辦完喪事，諸葛亮和眾臣商議，擁立太子劉禪繼承帝位，人們稱他為**蜀後主**。

第二十九回
抗曹魏吳蜀結盟

　　魏國曹丕得知劉備病逝，便採納謀士司馬懿的建議，聯絡遼東鮮卑王軻比能、南蠻王孟獲、東吳孫權、降將孟達四路兵馬，再加上曹魏本國兵力，合共**五路兵馬**聯手攻打蜀國。

　　消息傳到成都，後主劉禪大驚，急忙派人去請丞相諸葛亮商量對策。使者回來報告說：「丞相府的人說丞相病了，不能外出。」劉禪**心急如焚**，整晚輾轉反側。

　　第二天一大早，劉禪便急忙乘車直奔丞相府。抵達相府，他下車步行，進了第三重門，卻見諸葛亮正悠閒地在池塘邊賞魚，毫無病色。

　　劉禪納悶地問：「邊境情況緊急，丞相為何託病不管？」

　　諸葛亮笑着説：「我已想好**退兵之計**了。」他把劉禪請到屋裏，向他做了詳細分析：「五路人馬，我已經退了四路，只差東吳了。其他

四路如果得勝，西川危急，東吳自然就會出兵；如果那四路不勝，孫權是不會派兵的。現在，只需要派一個使者去東吳，向孫權講清利害關係。」

　　劉禪說：「聽了丞相的話，朕再也不憂愁了。」諸葛亮請劉禪飲了幾杯酒，然後把他送出相府。眾官還在門外等候，見劉禪高興的樣子，都露出疑惑的神情，只有一個人仰臉微笑。諸葛亮細看那人，原來是戶部尚書鄧芝。於是，諸葛亮便把鄧芝留下。兩人

交談了一陣，諸葛亮發現他**能言善辯**，便派他出使東吳，勸說東吳和蜀國結盟。

　　鄧芝到達吳國時，孫權剛接到曹丕約他出兵攻打蜀國的信函，正在猶豫不決。吳國重臣張昭說：「鄧芝來做說客，恐怕又是諸葛亮的退兵之計。」他建議孫權在大殿前放一鍋燒開的油，再派一千名佩刀的武士，從宮門前一直排到殿上，**嚇唬**鄧芝。

孫權按照張昭的主意做好了布置，才召見
鄧芝。鄧芝來到宮門前，臉上毫無懼色，昂首
闊步地走到殿前。那大鼎內的油正燒得滾開，
鄧芝見了，冷笑着說：「我不過是個讀書人，
吳國竟對我陳兵設鼎，難道吳王的氣量如此
狹窄？」

　　孫權聽了，羞愧得說不出話來，連忙命武
士退下，把鄧芝請上殿就坐，說：「東吳和蜀、
魏之間有什麼利害關係，請
先生說一說。」

鄧芝説：「大王是當世英雄，諸葛亮是當世豪傑。如果吳蜀聯盟，進可以吞併天下，退可以保住自己的邊疆。如果吳國降魏，你卻只能稱臣。」

孫權再三權衡之後，派張溫為使者，隨鄧芝一起去成都，向蜀國表示友好。這樣，蜀國的不利局勢得到了緩解，吳蜀兩國正式結盟，共同抗擊曹魏，繼續維持三國鼎立的局面。

第三十回
諸葛亮七擒孟獲

　　吳蜀結盟不久，諸葛亮得到消息：南方蠻王孟獲率兵十萬，侵犯蜀國南部四郡。諸葛亮決定親率大軍出征討伐。

　　孟獲派三洞元帥打頭陣，結果大敗而歸。孟獲大怒，親自領兵迎戰，結果中了諸葛亮的**誘敵之計**，陷入蜀軍的埋伏圈，被魏延活捉。諸葛亮問他服不服。

　　孟獲説：「山路狹窄，我不小心才被你們

捉住，怎麼會服？」

諸葛亮說：「既然不服，我就放你回去。」
諸葛亮便將他和被俘的將士們都放了。

孟獲回去後，重整隊伍，要和諸葛亮再戰。
他手下的兩員大將因感激諸葛亮對他們的不殺
之恩，故意敗陣而逃，被孟獲毒打了一頓。兩
人一氣之下，帶領部下捆了孟獲，獻給諸葛亮。

孟獲**不服**，說自己是被手下的人捉
住。諸葛亮再次放了他。

孟獲回去後，讓弟弟孟優帶人假裝

獻寶，感謝諸葛亮的不殺之恩，想趁機**裏應外合**，一舉打敗蜀軍。諸葛亮早就看穿孟獲的詭計，將孟優和蠻兵灌醉。孟獲當夜偷襲蜀營，結果中了圈套，第三次被捉住。可孟獲仍然不服，諸葛亮第三次放了他。

孟獲回去後調集了十萬蠻兵來攻打諸葛亮。開始的時候，任憑蠻兵如何叫囂，諸葛亮都不讓士兵出戰。等到蠻兵**軍心渙散**時，蜀軍突然出擊，大敗蠻軍。孟獲第四次被捉，諸葛亮依然放了他。

孟獲跑到禿龍洞，想整兵再戰，被銀冶洞洞主楊鋒設計捉住，帶到諸葛亮面前。孟獲仍

然不服，諸葛亮第五次放了他。孟獲立即逃回老家銀坑洞。

　　孟獲這回請來木鹿大王助戰。木鹿大王口唸咒語，驅使大羣猛獸攻擊蜀軍，蜀軍嚇得慌忙逃命。

　　正當孟獲高興時，諸葛亮前來布陣，用盾牌上畫着的巨獸嚇跑了猛獸。蜀軍衝殺過來，佔領了銀坑洞。孟獲被他的妻弟捆綁着送到了蜀營。

　　諸葛亮知道是計，命人將他們捆綁起來。
一搜身，果然發現他們身上各藏着一把尖刀。
孟獲說：「這次是我自己送上門來的，我還是
不服。」於是，諸葛亮第六次放了他。

　　孟獲向烏戈國王借來刀箭難入的藤甲兵，
藤甲兵打敗了蜀將魏延。第二天，諸葛亮把藤
甲兵引進山谷，用火攻將三萬藤甲兵燒死了。
孟獲被蜀兵捉拿回營，這次他終於心服口服。

　　諸葛亮十分高興，設宴熱情招待孟獲，任

命他永為蠻王，並將奪取了的土地全數退還給他。孟獲和蠻兵蠻將十分感動，向諸葛亮拜了又拜。

諸葛亮平定了南方，班師回營。孟獲率領大小洞主、酋長，一直將諸葛亮送到瀘水，依依不捨地和他道別。

第三十一回
諸葛亮巧收姜維

　　公元 226 年，魏文帝曹丕因病去世，他的兒子曹叡（粵音銳）繼承帝位，是為魏明帝。

　　諸葛亮呈上《出師表》，請求北伐曹魏，蜀後主劉禪同意了。

　　諸葛亮任命七十多歲的老將趙雲為先鋒，向漢中進軍。趙雲寶刀未老，他帶領蜀軍接連打了好幾場勝仗，奪取了南安等三郡，活捉了魏國駙馬夏侯楙（粵音貿）。

魏國天水城太守馬遵想出兵抗蜀，有人出來勸阻說：「萬萬不能這樣行事。」

這個人姓姜名維，字伯約，官居中郎將，是個**能文能武**的人才。他想出了一條妙計，讓馬遵假裝帶兵離開天水城，而他在城中埋伏。結果，趙雲帶兵攻城時，遭到伏擊，大敗而歸。

諸葛亮非常欣賞姜維的才幹，決定降服他為己所用。得知姜維對母親非常**孝順**後，諸葛亮心生一計，派人去攻打姜維母親居住的冀城。姜維得知冀城危急，

立即率軍前來救援。攻城的蜀軍假裝
失敗逃走，把姜維引進城內。

　　諸葛亮見姜維中計，就命人釋放了魏國駙
馬夏侯楙，對他說：「魏將姜維現在正在冀城，
他說只要放了你，他就投降我們。我現在就放
了你。」

　　夏侯楙**半信半疑**。他出了蜀軍大寨，在
路上遇見幾個神色慌張的百姓，其中一個人說：
「姜維降了諸葛亮，蜀軍正在冀城放火劫財，
我們不得不棄家逃走。」

　　聽了百姓的話，夏侯楙大吃一驚，不敢再去冀城，轉奔天水城而去。其實，這幾個百姓都是諸葛亮手下的士兵假扮的。

　　夏侯楙來到天水城，把姜維投降的事告訴太守馬遵，馬遵不太相信。當天夜裏，諸葛亮命人裝扮成姜維的模樣，領兵攻打天水城。馬遵遠遠望見城下帶隊的將領完全是姜維的模樣，才**信以為真**，認為他確實投降了。

　　再說姜維一直守護着冀城，城中糧草逐漸不足。諸葛亮故意讓蜀國士兵在城外搬運糧

食，姜維率軍出城奪糧，結果中了諸葛亮的圈套，被蜀軍兩面夾擊。姜維棄了冀城，帶着一些人奪路逃往天水城。

等到天水城城下的時候，就只剩他一個人了。馬遵對城上的士兵說：「此人早就投降蜀軍了，快用箭射死他！」姜維無奈，仰天長歎一聲，勒馬轉身離去。

姜維走進一片樹林，被埋伏着的蜀軍包圍。姜維此刻已無力抵擋，不知如何是好。這時，從蜀軍隊伍中推出

一輛小車，車上坐著的正是諸葛亮。

諸葛亮說：「魏國如此不信任你，不如來輔佐我振興漢室，我願將平生所學都**傳授**給你。」

姜維十分感動，連忙下馬跪謝，表示願意**歸降**蜀國。

第三十二回
馬謖拒諫失街亭

諸葛亮得到姜維的幫助，**如虎添翼**。隨後，他派姜維攻取了天水、上邽兩郡。蜀軍聲威大震。

曹叡得知戰事失利，急忙任命老將司馬懿（粵音意）為平西都督，率二十萬人馬迎戰蜀軍。司馬懿說：「街亭是蜀軍運送糧草的交通**要道**。我們先攻打街亭，切斷蜀軍的糧草補給，諸葛亮必定會退兵。」於是率軍趕往街亭。

諸葛亮問眾將士：「你們誰願意去把守街亭？」馬謖主動請戰。諸葛亮説：「街亭地方雖小，位置卻十分重要。那裏既無城郭，又無險阻，很難防守。」

馬謖説：「我自幼熟讀兵書，怎會守不住一個小小的街亭？」説完，當眾立下軍令狀。諸葛亮還是不太放心，又任命做事謹慎的王平為副將，讓他們率兩萬五千名精兵趕往街亭。

到了街亭，看過地形，馬謖笑着説：

「丞相多心了。這麼偏僻的地方，魏兵怎麼會來？」王平勸他在路口安下營寨，使魏軍無法輕易通過。馬謖**不以為然**，笑着說：「側邊有一座山，可謂天賜之險。把營寨安在山上，居高臨下，若魏軍敢來，一定叫他**片甲不留**！」

王平告訴他：「在山上紮營既容易被切斷水源，又容易被包圍。」

可馬謖不聽。王平只好帶了五千兵馬，在離這座山十里的地方安營紮寨，以便及時支援

馬謖。然後，他畫了安紮營地的圖本，派人連夜送去給諸葛亮。

　　司馬懿探知馬謖在山上屯兵，**喜出望外**，便命張郃領一隊人馬去阻擋王平的增援，自己則率領大軍圍住山腳，切斷了蜀軍水源。蜀軍見山下魏兵漫山遍野、旌旗遮天蔽日，都不敢下山。馬謖搖動旗幟，可將士們無人敢動。馬謖大怒，連殺兩將。眾將士只好衝下山，可衝到半山腰又被嚇得退回去。馬謖無奈，只好緊閉寨門，等待外應。王平率五千人馬來救援，走到半路被張郃攔住。戰了幾十個回合，王平抵擋不住，只好退回去。

　　山上的蜀軍被困了一天，
又飢又渴，到了半夜，不少人
下山投降了魏軍。司馬懿又命魏軍士兵沿山放
火，山上一片混亂，蜀軍死傷無數。馬謖知道
街亭**守不住**了，只好帶着餘下的將士突圍下
山，向西奔逃。

　　諸葛亮收到王平送來的紮營圖，驚叫道：
「馬謖無知，害我大軍！」沒過多久，就有探
馬來報：「街亭、列柳城都已失守。」諸葛亮

歎息道：「**大勢所趨**，難以改變了。」他只好吩咐眾將分守關口，準備退兵。

　　戰敗而歸的馬謖逃回漢中請罪，諸葛亮按軍法斬了馬謖。他想起劉備曾告誡說馬謖不可重用，不禁揮淚痛哭。

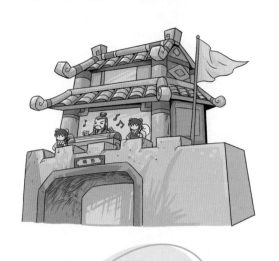

第三十三回
孔明巧唱空城計

　　街亭失守，局勢對蜀軍十分不利。諸葛亮緊急安排**應對之策**。他先命令關興、張苞率精兵從武功山出發，牽制魏軍；又命張翼去修葺劍閣棧道，以備蜀軍撤退；再安排馬岱、姜維領兵埋伏山谷；他自己則帶着五千士兵去西城搬運糧草。

　　等他派出一隊人把糧草運走後，身邊只剩兩千五百人了。這時，司馬懿統領十五萬大軍

往西城**蜂擁而來**，城內的守軍個個嚇得**魂不附體**。

　　大軍壓境，城中卻只有一羣文官和幾千兵馬，大家慌得不知如何是好。諸葛亮向眾官果斷下令：「把城上的旌旗都隱藏起來；將士們堅守崗位，不准隨便走動和高聲說話；四面城門全都打開，每一道城門外都派二十名士兵去扮作老百姓，灑掃街道。如果魏兵來到，大家不要慌張，我自有退敵辦法。」

　　等官兵們各就各位後，諸葛亮拿着一把琴登上城樓，讓左右兩個童子點上香站在他身後，然後悠閒地坐在城樓上彈起琴來。

　　魏軍衝到城下，見此情景不敢進城，急忙去報告司馬懿。司馬懿騎馬上前一看，果然見諸葛亮坐在城樓上，面帶微笑、神情鎮定地彈着琴。左邊一個小童手捧寶劍，右邊一個小

童手拿拂塵。城門內外，百姓們正低頭清掃道路，**旁若無人**。

司馬懿料想城內必有埋伏，急忙下令撤退。他的兒子司馬昭說：「會不會是諸葛亮故意這樣做，迷惑我們？」

司馬懿搖搖頭，說道：「諸葛亮一生為人謹慎，從不做冒險的事。現在他大開城門，裏邊一定有埋伏。我軍如果進城，就中他的奸計了。」不一會兒工夫，魏軍兩路人馬都撤走了。

諸葛亮見魏軍遠去了，拍手大笑起來。被嚇得渾身直冒冷汗的眾官員這才放下心來。諸葛亮急忙領着西城軍民向漢中撤退。他知道，司馬懿為人**聰明狡詐**，很快就會看穿真相，反撲過來。

再說司馬懿率領大軍撤退時，忽聽到山坡上鼓角齊鳴，喊聲震天，只見張苞和關興領軍衝殺過來。司馬懿大驚，趕緊逃跑。關興、張苞也不追趕，帶上劫獲的糧草和其他物資撤走

了。埋伏在山谷的馬岱、姜維伏擊了曹將曹真後，也連夜撤回漢中。等司馬懿回過神來，蜀軍已全部撤回漢中。

蜀軍退走以後，司馬懿派人到西城打探情況，得知那天諸葛亮在城中只有兩千多兵馬，他懊悔不已，說：「想不到我還是中了諸葛亮的**空城計**啊！」

第三十四回
諸葛亮魂歸西天

　　上方谷之戰後，魏國的司馬懿堅守不出。蜀軍過不了河，諸葛亮心裏非常着急。這時，聽説東吳軍被魏軍打敗後撤兵回去了，積勞成疾的諸葛亮急得口吐鮮血，卧病不起。

　　諸葛亮知道自己已時日不多，就將兵書傳給姜維。然後，他拿出一個錦囊交給長史楊儀，説：「我死後，魏延一定會造反。到時，你就按錦囊之計行事。」隨後，他給劉禪寫了一道

表章，希望他節制享樂，愛惜百姓，使國家富強起來。剛寫完，他就昏了過去。

尚書李福趕來，問誰可繼任丞相。諸葛亮說蔣琬、費禕，說完便離開了人世，終年五十四歲。

諸葛亮去世後，楊儀、姜維遵照遺囑，沒有發喪舉哀，只派三百將士護送遺體回成都，然後**秘密撤軍**。

這天夜裏，司馬懿在軍營中夜觀

星象，看見一顆大星自東北流向西南，墜入蜀營中。司馬懿大喜道：「諸葛亮死了！」立即點起大軍追擊蜀軍。

剛剛走出寨門，又猶豫起來，心想：諸葛亮**善施詭計**，見我閉門不戰，所以裝死迷惑我。我現在如果追擊，必定中計。於是下令全軍回營，只派夏侯霸帶領幾十人前去探聽消息。

探子回來見司馬懿，報告說：「聽說諸葛亮死了，蜀軍已經全部退走。」司馬懿高興得一下從座位上跳起來，下令說：「趕快派兵去追！」他立即帶上司馬師、司馬昭等向蜀寨殺去。進寨一看，果然一個人也沒有了。司馬懿對兩個兒子說：「我先帶兵去追，你們隨後趕來接應。」

司馬懿策馬飛奔，一路追趕蜀兵。眼看就要追上，忽從樹林中殺出一隊人馬，軍旗上寫着：漢丞相武鄉侯諸葛亮。旁邊的一輛四輪車

上端坐着的正是諸葛亮。司馬懿**大吃一驚**，説：「諸葛亮還活着，我中他的奸計了！」司馬懿掉轉馬頭往回跑。姜維在背後大叫：「司馬懿休走！」魏軍嚇得魂飛魄散，丟盔棄甲，**落荒而逃**。

幾天後，司馬懿得知諸葛亮確實死了，坐在車上的是他的木頭雕像。司馬懿感歎：「諸葛亮真是奇才！他已死，我可高枕無憂了！」

楊儀、姜維率兵退入劍閣道口，才發布諸

葛亮去世的消息，將士們失聲痛哭。

魏延早懷**異心**，企圖趁機叛變，從後面繞到前邊，截斷了蜀國大軍的歸路，與楊儀對陣。楊儀拆開諸葛亮留下的錦囊，說：「你敢連喊三聲『誰敢殺我』，便是真丈夫！」

魏延大笑說：「別說叫三聲，就算叫一萬聲，又有何難？」說完大叫：「誰敢殺我？」話音未落，身後的馬岱屬聲應道：「我敢殺你！」手起刀落，將魏延斬殺了。

將士們護送諸葛亮的靈柩回到了成都，劉禪率領文武百官身穿

孝服，出城迎接。百姓們聽說丞相去世了，家家痛哭，個個流淚，整個成都**一片哀聲**。

劉禪依照諸葛亮的遺願，將他葬在定軍山，追封為**忠武侯**，並在陵墓附近建造了一座廟宇，供人悼念。

第三十五回
姜維伐魏終失敗

　　諸葛亮死後，姜維做了大將軍，接管蜀國的軍事大權。他繼續執行諸葛亮的伐魏政策，堅持與魏國作戰。而魏國由於新繼位的皇帝年幼，大權落在司馬氏手中。

　　公元 258 年，姜維率二十萬大軍，攻打魏國的祁山（祁，粵音琪）。祁山守將鄧艾出兵迎戰。姜維布下一個**八卦陣**。鄧艾見了，把令旗一揮，也布成一個八卦陣，和姜維的一樣。

姜維在馬上叫道：「你學我擺八卦陣，不能有點變化嗎？」

鄧艾笑着說：「我既然會布陣，當然也能變化！」說着，就用令旗指揮起八卦陣。沒想到姜維把令旗一擺，蜀軍的八卦陣忽然變成**長蛇捲地陣**，把鄧艾困在中間。鄧艾不懂這個陣法，心裏驚慌。

危急之際，魏將司馬望忽從西北角衝殺進來，把鄧艾救了出去，退兵渭水南岸。

　　鄧艾和司馬望改變策略，派人到蜀國，重
金收買後主劉禪身邊的宦官黃皓，讓他在劉禪
面前造謠說姜維要降魏。劉禪果然聽信了**讒
言**，立即召姜維回去。

　　姜維不敢違抗帝命，只得退兵屯田，躲
避禍害。

　　鄧艾得知消息後，立即派人到洛陽向司馬
昭匯報。司馬昭聽後，便派大將鍾會率領十萬
大軍攻打漢中，讓鄧艾牽制住姜維，使姜維無

法去援救漢中。

　　姜維見魏軍來攻打蜀國，立即寫奏章給劉禪，請他派人守住重要關口。

　　可劉禪只顧**享樂**，看完奏章後，問身邊的宦官黃皓：「你說該怎麼辦？」黃皓竟然讓他去問神婆。

　　神婆裝模作樣地占了一卦，說：「數年後，魏國領土都將歸屬西蜀。」劉禪很高興，厚賞了她。

從此，劉禪偏信神婆
的話，每天飲酒作樂，**不理朝政**。之後，姜
維送來的告急文書，都被黃皓藏了起來。

由於蜀國的險要關口無人防守，鄧艾一路
殺到了成都。後主劉禪軟弱無能，很快就投降
了。姜維不甘心蜀國就這樣滅亡，想出一條妙
計，決定最後一搏，恢復蜀國。

姜維帶着將士們假裝投降鍾會。見了鍾
會，姜維故意用話激他：「將軍建功無數，一
定會引起司馬昭的**猜忌**。我看你應該早點隱退
回家。」鍾會卻不想隱退。姜維趁機勸他一起

反魏，鍾會當下就答應了。誰知這個消息被人洩露出去，魏國的將士們衝進來，把鍾會殺了。

姜維奮力抵抗，殺了幾個回合，突然心口痛得厲害。他悲痛地**仰天長歎**：「蒼天啊！你為什麼不讓我的計謀成功呢？」說完，拔劍自刎，終年五十九歲。

第三十六回
三分天下歸一統

劉禪降魏以後，被送到洛陽，隨他同去的還有蜀國的一些文武大臣。司馬昭決定用計試探劉禪是否懷有反心。

一日，司馬昭故意當面斥責劉禪荒淫無道，理應誅殺。劉禪嚇得面如死灰，跪地求饒說：「請你放過我吧！」司馬昭見劉禪如此模樣，便封他為安樂公，賞賜他華麗的住宅以及一百多名僕人，還按月給他俸祿。劉禪連連拜

謝。

　　第二天，司馬昭設宴招待劉禪和蜀國歸降的眾臣。宴會上，司馬昭讓人演奏魏國的音樂、跳魏國的舞蹈。蜀國眾臣見了，想到自己國家已經易主，心裏都很難過，可劉禪聽得津津有味，臉上露出喜悅的神色。

　　隨後，司馬昭又叫人演奏蜀國的音樂。蜀國官員都悲痛得流下眼淚，劉禪卻**無動於衷**（粵音沖），依然說說笑笑，十分開心。

　　司馬昭看到這種情景，對手下的大臣說：
「一個人竟能無情到這般地步，就算諸葛亮還
活着，也不能輔助他長久，何況是姜維呢！」

　　他給劉禪斟了一杯酒，問道：「你還思念
蜀國嗎？」劉禪說：「我在這裏過得很快樂，
不思念蜀國了。」

　　司馬昭見劉禪如此窩囊，不再戒備，由着
他在魏國盡情享樂。

　　司馬昭掌權之後，一直想結束魏國，重新
建立朝代，讓他的兒子司馬炎當開國皇帝。朝

　　廷上下都看出他
的險惡用心，私底下都說「**司馬昭之
心，路人皆知**」，可是誰也拿他沒辦法。

　　公元 265 年，司馬昭病死後，司馬炎就篡
奪了魏國的帝位，建立了 **晉朝**，史稱西晉。此
時，東吳的國君是孫權的孫子孫皓。孫皓殘暴
無度，貪圖享樂，不聽忠臣的勸告。他聽信術
士的話，說是天意讓他一統天下。他派陸遜的
兒子陸抗貿然進攻西晉的襄陽。

　　西晉皇帝司馬炎笑他不自量力，派都督羊
祜率兵防守。陸抗佩服羊祜施行德政，羊祜佩

服陸抗善於用兵，兩人長相對峙，互不交戰。孫皓急了，撤了陸抗的官職，讓孫康代替。司馬炎得知，當即任杜預為大將軍，率大軍討伐東吳。

晉軍一路打來，勢如破竹，很快就打到了東吳的都城建業。孫皓十分害怕，率眾將出城投降。

自此，**三國歸晉，天下一統**。歷史由此翻開了新的篇章。

中國經典名著系列
三國演義

原　　著：羅貫中
改　　編：幼獅文化
責任編輯：陳奕祺
美術設計：張思婷
出　　版：園丁文化
　　　　　香港英皇道499號北角工業大廈18樓
　　　　　電話：(852) 2138 7998
　　　　　傳真：(852) 2597 4003
　　　　　電郵：info@dreamupbooks.com.hk
發　　行：香港聯合書刊物流有限公司
　　　　　香港荃灣德士古道220-248號荃灣工業中心16樓
　　　　　電話：(852) 2150 2100
　　　　　傳真：(852) 2407 3062
　　　　　電郵：info@suplogistics.com.hk
印　　刷：中華商務彩色印刷有限公司
　　　　　香港新界大埔汀麗路36號
版　　次：二〇二二年六月初版
　　　　　二〇二四年十一月第五次印刷
版權所有·不准翻印

本書香港繁體版版權由幼獅文化（中國廣州）授予，版權所有，翻印必究。

ISBN：978-988-76250-9-4
Traditional Chinese Edition © 2022 Dream Up Books
18/F, North Point Industrial Building, 499 King's Road, Hong Kong
Published in Hong Kong SAR, China
Printed in China